Ein Mann ist am Ende seines Lebens angekommen. Er lebt allein in einem großen Haus in Madrid, seit seine Frau vor ein paar Jahren starb. Geblieben ist ihm nur sein Diener Ramón, der ihn mit wortkarger Treue umsorgt. Ein Blick in den Spiegel, ein Geruch, ein Tropfen Wermut auf der Zunge, dies allein genügt, die Erinnerung wachzurufen an jene Zeit, als er im Zenit seines Erfolges stand. Aus kleinen Verhältnissen hatte er sich emporgearbeitet, war vom Laufburschen zum Bauunternehmer und Bodenspekulanten avanciert an der Seite einer Frau, die seiner Karriere im Spanien der Nachkriegszeit erst den rechten Glanz verlieh. Die Heirat damals mit Eva war eine Liebesheirat, und zugleich vollzog sich durch sie der ersehnte Aufstieg in eine höhere gesellschaftliche Sphäre. Doch die Lebensbilanz dieses machtvollen, selbstbewußten und reichen Mannes ist alles andere als befriedigend.

Rafael Chirbes läßt seinen Ich-Erzähler das eigene Leben prüfen. In seiner Einsamkeit, bedrängt von den Geistern der Vergangenheit und angetrieben von einem diffusen Schuldgefühl, gedenkt er der Menschen, die ihm einst nahe standen: die Tochter, die in jungen Jahren starb, der Sohn, der sich der politischen Anpassung des Vaters widersetzte, Eva, die er betrog mit immer wieder anderen Frauen. »Kleine kosmopolitische Abenteuer«, mit denen er den »friedlichen Augenblicken des Familienlebens« entkam. Und doch hätte er Eva niemals verlassen können. Sie blieb der Garant seines gesellschaftlichen Erfolges.

Mit dieser Geisterbeschwörung gelingt Rafael Chirbes etwas Rares: Er zeichnet das Bild einer Generation, die selbstbewußt und erfolgreich war und dennoch scheiterte.

»Elegisch sind Ton und Inhalt dieses Romans, in dem die Dinge des Lebens auf unvergleichlich schlichte Weise geordnet und zurechtgerückt werden.« *Der Spiegel*

Rafael Chirbes, 1949 in Tabernes de Valldigna bei Valencia geboren, lebt heute als freier Publizist in Denia und in einem Dorf in der Estremadura. 1990 erschien in deutscher Übersetzung sein Roman ›Mimoun‹.

RAFAEL CHIRBES

Der Schuß des Jägers

ROMAN

Aus dem Spanischen
von Elke Wehr

Fischer Taschenbuch Verlag

Veröffentlicht im Fischer Taschenbuch Verlag GmbH,
Frankfurt am Main, Juli 1998

Lizenzausgabe mit freundlicher Genehmigung
des Verlags Antje Kunstmann, München
Die Originalausgabe erschien
unter dem Titel ›Los disparos del Cazador‹
bei Editorial Anagrama, Barcelona

Druck und Bindung: Clausen & Bosse, Leck
Printed in Germany
ISBN 3-596-13697-0

Ich rufe Ramón, meinen Diener, ich bitte ihn, daß er mir heraushilft, ich lege meine Arme um seinen Hals, er hüllt mich in ein Handtuch und spricht mit leiser Stimme zu mir, immer wieder mit den gleichen Worten, als wollte er mich hypnotisieren. Wassertropfen bleiben auf dem Marmorboden zurück, neben der Badewanne, wie Reste einer zerstörten Schönheit.

Früher, als mein Sohn an den Sonntagnachmittagen unseren Enkel Roberto zu uns brachte, fand ich in seinen Kinderaugen den Abglanz dieser Schönheit. Ich dachte, in ihm wüchsen die Farben, die ihn später nie mehr loslassen würden. Mein eigener Blick entdeckte die Quellen, aus denen er schöpfte: die Sonne, die ein Spinnennetz im Garten zeichnete, das Tierbuch, die Sammlungen der Abziehbilder, die Blechdose, in der Eva Leckereien aufbewahrte, die sie mit ihrer von der Arthrose verformten Hand herausholte, der Roberto jedoch die Kräfte eines Zauberers zuschrieb, der Karton mit den alten Fotografien. Bisweilen, wenn ich ihn in meinen Armen hielt und seine Verzückung spürte, wünschte ich sein Glück, seinen Tod.

Ramón hakt mich unter und führt mich vom Salon, wo ich Radio gehört habe, durch den Flur in mein Zimmer. Er hält sich auf der rechten Seite. So ist es immer. Wir gehen gemeinsam den Flur entlang, und er bleibt rechts von mir. Ohne es zu wissen, erspart er mir durch die Masse seines Körpers den Anblick von Evas Porträt mit der Halskette aus Platin, die ich ihr aus Nizza mitgebracht habe, und des Gemäldes eines Ungarn namens Czóbel, auf dem eine Ecke der Rue Vavin dargestellt ist und das ich vor zwanzig Jahren in Paris gekauft habe, oder nein, um einiges früher, denn Manuel besuchte damals noch die Schule in Rouen. Ich danke Ramóns Körper, daß er die beiden Bilder einer unerwünschten Erinnerung vor mir verbirgt. Mein in Evas Hals gegrabenes Gesicht und auf der Zunge der metallische Geschmack der Halskette.

Nach Evas Tod habe ich die Köchin entlassen, auch die junge Putzfrau kam nicht mehr. Ich wollte nicht, daß irgendeine Frau jemals wieder das Haus betrat, nicht aus Empfindlichkeit, nicht, weil mir schien, daß jede Frau sich Evas Platz anmaßte, sie ersetzte, sondern weil mir bewußt war, daß die Zeit meines Alters begann, und ein alter Mann zeigt Verhaltensweisen, bietet Bilder seiner selbst, seines eigenen Körpers, die ihn vor jeder Frau demütigen, die nicht an einer gewissen Faszination für ihn teilhat, die nicht verführt worden ist. Mir erschien es passender, die Anwesenheit eines Dieners zu suchen, männliche Gesellschaft, auch die körperliche Kraft, derer ich vielleicht in Momenten bedarf, die ich mir zwar nicht wünsche, aber die doch, wie ich nicht ausschließen kann, in Zukunft kommen werden.

Ramón hilft mir beim Ausziehen, er hat, ärztlichen Anweisungen folgend, seinen Teil bei unangenehmen Krankenwärteraufgaben geleistet; er hat meinen Körper getragen und mich in den Monaten begleitet, in denen ich von einer gebrochenen Hüfte genas, eine Verletzung, von der ich einen Blutpfropf zurückbehalten habe, dessen Wanderungen die Ärzte in regelmäßigen Zeitabständen überwachen und der für mich wie die Unterschrift unter das Zertifikat ist, das wir alle bei der Geburt erhalten und das Tod heißt. Ramón ist zu meiner rechten Hand geworden oder besser gesagt, zu meinen beiden Händen. Er kümmert sich um die Post, kauft ein, kocht mit mehr Fingerspitzengefühl als jede Frau, hält das Haus sauber, erneuert die Blumen in dem Krug, der auf der Kommode meines Schlafzimmers steht, pflegt den Garten – mit nur zeitweiliger Hilfe eines Gärtners – und dient mir als Chauffeur die wenigen Male, die ich noch in das Haus in Misent zurückkehren möchte.

Ich ertrage es kaum, das Haus in Misent. Ich habe es gebaut, als meine Beziehung mit Eva einen Punkt erreicht hatte, an dem die Aussichten nicht besser sein konnten. Es war der schützende Rahmen für die Kindheit der armen Julia, für den Moment ihrer Schönheit und ihrer Gutherzigkeit:

das Toben im Garten, das Lachen am Strand, die glücklichen Bilder, festgehalten auf alten Fotografien, die mir noch immer in die Hände fallen, wenn ich in den Schubladen stöbere, weil ich versuche, die Dinge in anderer Weise zu ordnen, ihren Lauf in meinem Kopf zu ändern, sie zu rekonstruieren, indem ich die Trümmer, die von all dem übriggeblieben sind, in anderer Weise aufeinanderschichte.

Es steht nicht mehr allein am Meer. Es besitzt nicht mehr die Aura, die ihm die Einsamkeit jener steinigen, zerklüfteten Küste verlieh, wo der Tumult der Unwetter alles ausfüllt mit seinem Getöse von Wasser und Wind und rollenden Steinen am Ufer, eine Einsamkeit, die für mich das Symbol meiner eigenen Kraft gewesen ist, der Kraft meiner eigenen Geschichte, die aus der Beständigkeit des Willens, der Sorgfalt, der bejahten und erfüllten Pflichten hervorgegangen war.

Das Haus wurde gebaut, um eine Geschichte zu bewahren.

Es wurde Wand für Wand, Fenster für Fenster mit dem Ziel entworfen, die Familie zu beherbergen, die ich, meinen Grundsätzen folgend, gegründet hatte. Heute ist es zugesperrt; außerdem haben Dutzende anderer Gebäude in seiner unmittelbaren Umgebung, von denen die meisten nicht den geringsten Willen zur Größe erkennen lassen, es trivialisiert: bloße Absteigen, in die sich jeden Sommer die Zufallstouristen flüchten.

Der Spiegel im Haus in Misent gibt mir das Bild

Evas zurück, wie sie ihre Hände manikürt. Es ist ein intimeres Bild, mit dem sich leise gemurmelte Vertraulichkeiten, friedliche Unterhaltungen verbinden. Auch das einer anderen, prächtigen Eva, die sich vor einem Fest, vor dem abendlichen Ausgehen den Schmuck anlegt. Das Schauspiel ihrer ganzen Schönheit: ihr makelloser Hals, der aus dem Dekolleté emporragt, das komplizierte Muster ihrer Frisur, der unwiderstehliche Schimmer ihrer Schultern und mein Kopf, der sich dort vergräbt, in dem Winkel zwischen Hals und Schulter, ihre Harmonie stört, mein Mund, der die sanfte Wärme ihrer Haut spürt, und, auf der Zunge, die Kälte der Halskette aus Platin. Augenblicke, die der Spiegel in seiner Tiefe bewahrt und die auftauchen, wenn ich ihn betrachte.

Nur ein Baumeister oder ein Architekt, der mich sehr gut kennt, der die Geschichte meiner ersten Jahre mit Eva kennt (das heißt, nur jemand wie Ort) könnte die Nuancen, die Feinheiten erkennen, die in der Anlage des Hauses in Misent und in seinem Mobiliar verborgen sind. Ich habe, ohne die Eigenart des Mittelmeers zu verraten, eine Balance zwischen Licht und Schatten, zwischen offenen Räumen und Intimität gesucht, eine sanfte, vollkommene Umhüllung für meine Familie.

Es war kein Chalet an der Küste. Wer verwendet Mahagoni und Palisander, Marmor und Pickman-Keramik in einem Chalet an der Küste? Es war das große Familienhaus, das auch dann noch ein Refugium sein würde, wenn die Familie gewachsen wäre oder gar sich verstreut hätte, der Bezugspunkt, der es einem erlaubt, sich im Leben niemals zu verirren, die Kompaßnadel. Jetzt ist es zugesperrt, die Möbel sind mit Bezügen bedeckt, der Garten liegt verlassen da. Und wir haben uns verirrt: Vielleicht war dies der Preis meines stolzen Strebens nach Ordnung. Gott lenkt, und dazu gehört, daß er uns auf die Probe stellt, daß er den Bogen unseres Lebens spannt, um seine Widerstandskraft zu messen.

Ich versuche, Ordnung in meine Tage zu bringen. Ramón kommt mich früh wecken und hilft mir beim Waschen und Ankleiden. Ich weiß nicht, wie er es fertigbringt, gleichzeitig das Frühstück zu richten und es im Salon aufzutragen, neben dem Fenster, das auf den Garten hinausgeht. Es ist der beste Augenblick des Tages; die schwache Sonne des Madrider Winters, die auf den Tisch scheint und über die dürren Zweige der Bäume fließt, scheint mich zu rufen und lockt mich zu einem Spaziergang; dann bleibe ich eine Weile auf einer Bank sitzen, während Ramón mir die Zeitung vorliest. Wenn ich während der Lektüre die Augen schließe, fühle ich mich zuweilen an die Küste zurückversetzt, und es ist, als seien sie alle noch da: Julia und Manuel in der Schule und Eva beim Einkaufen, während Josefa, die Köchin, begonnen hat, das Mittagessen zuzubereiten. Bald werden alle zurückkommen und sich um den Tisch versammeln. Dann sage ich Ramón, er soll still sein, er soll mit dem Lesen aufhören, und gebe mich einem Schweigen hin, das voller Erinnerungen ist.

Erinnerungen sollten wie Gebrauchsanweisungen sein, die nur dazu dienen, die alltäglichen Dinge zu verrichten: etwas Technisches ohne innere Dichte, ohne Gefühle. Was bewirken die Erinnerungen denn anderes als Schmerz, da nichts von dem, was sie uns zurückbringen, wiederkehren wird? Ich versuche mir vorzustellen, wie die Stille der Nächte in meinem Zimmer beschaffen wäre, wenn es keine Erinnerungen gäbe, nur Dunkelheit oder das elektrische Licht, das stumm die Gegenstände erhellt, die über ihren bloßen Gebrauch hinaus keine Bedeutung besäßen.

An manchen Tagen bitte ich Ramón, mich zum Essen ins Restaurant zu fahren. Ich wähle zwischen den drei oder vier Restaurants, in die ich immer gehe, oder ich suche im Führer irgendein neues, speziell empfohlenes, und genieße das Ritual des Ausgehens, der Gesten Ramóns, wenn er mir den Schal, den Mantel, den Hut reicht, der Fahrt durch eine Stadt, die mir fremd geworden ist, aber deren Hektik für mich noch immer den Reiz des Wechsels und des Lebendigen besitzt. Bisweilen kommen wir während der Fahrt an einem der Lokale vorbei, in denen ich vor vielen Jahren verkehrte, und manchmal bitte ich Ramón sogar anzuhalten und gehe hinein, um einen Kaffee oder einen Wermut zu trinken, je nach der Tageszeit, und obwohl ich seit Jahren aufgehört habe zu rauchen, greife ich in diesen Augenblicken zu einer Zigarette. Auch mit diesen Gesten hole ich mir wohl den Abglanz von etwas Verlorenem zurück.

Es ist merkwürdig, aber mit dem mittäglichen Wermut kehrt noch immer die Sehnsucht nach dem gesellschaftlichen Leben zurück, eine Sehnsucht, die gewiß von der Erinnerung an die Sonntagvormittage kommt, wenn auf die Messe der Familienspaziergang und der Wermut mit den Freunden folgte; damals war es auch üblich, mit einem Wermut den Tag im Büro oder die Besichtigung der Bauarbeiten zu beschließen oder ein Arbeitsessen zu beginnen. Jetzt bin ich kaum imstande, das Leben außerhalb dieser gesellschaftlichen Rituale zu begreifen. Einsamkeit kam mir immer verdächtig vor, selbst die Religion war mir ohne ihre familiäre und gesellschaftliche Komponente nicht vorstellbar, sie schenkte mir Erfüllung: die Sonntagsmesse, die Hochzeiten, Taufen, Kommunionen und Begräbnisse waren der traurige oder heitere Ausdruck dieser Gemeinschaftlichkeit.

Verdächtig erschienen mir die ledigen und einsamen Freunde, wie Gefangene verborgener Bitterkeiten oder Neigungen. Heute gilt dieser Argwohn mir selbst, er läßt mich ständig der Entwicklung meiner Gefühle hinterherhorchen, und zuweilen erfaßt mich die Furcht, ich könnte selbst noch in meinem Verfall unerwünschte

Aspekte meiner Psyche kennenlernen. Wahrscheinlich schwächt das Alter nicht nur die Schließmuskeln des Körpers, sondern auch die Ventile der Seele, vor allem, wenn das Band der Ehe zerreißt, das als Schutzwall dient. Ich glaube, im Witwer nistet, wie im Junggesellen, der Keim eines unkontrollierten, frei umhertreibenden Gefühls.

Vielleicht ist das der Grund, warum ich nicht akzeptieren kann, daß das Wort Witwer mich definiert. Außerdem besitzt es etwas Unheilvolles. Sie sind mir immer wie unheilverkündende Personen, wie Unglücksraben erschienen, jene Männer mit schwarzer Hose und schwarzem Hemd oder mit einem schwarzen Knopf oder Band am Kragen des weißen Hemdes, die in Spanien vor Jahren noch so zahlreich waren. Oft – vor allem auf dem Land – waren es junge, kräftige Männer von gesundem Aussehen, und doch umgab sie eine Aura von Schuld: die Ahnung eines Giftes, das sich wie ein Biß auf ihre Frau übertragen hatte. Natürlich stellte sich diese Ahnung besonders dann ein, wenn die Frau jung gestorben war, um so mehr, wenn sie schön war. Das gilt nicht für mich: Eva ist vor kaum zehn Jahren gestorben, und außerdem ist sie womöglich Opfer eines anderen Giftes gewesen, dessen Zusammensetzung man eher bei Dr. Beltrán erfragen müßte.

Ich lese noch einmal den letzten Satz, den ich geschrieben habe, und ich denke, ich werde ihn am Ende durchstreichen. Er wird meinen Gefühlen nicht gerecht, und er entspricht auch nicht dem Zweck dieses Heftes, in dem nicht der leiseste Anflug von Groll durchscheinen soll, sondern das ganze Gegenteil, ein tiefes Erbarmen, das gleiche Erbarmen, das ich von Gott angesichts meiner Schwächen erbitte, die nicht wenige gewesen sind, wenn ich auch glaube, daß sie immer von Diskretion umgeben waren und niemals Anstoß erregt haben. Das ist etwas, das ich mit Stolz zu meinen Gunsten vermerken kann und das mir als Trost dient in diesen wirren Zeiten, in denen der Skandal sich gleichsam in eine Tugend verwandelt zu haben scheint.

Nicht einmal Eva ahnte meine Schwächen. Nie habe ich mir ihr gegenüber ein Versagen oder den leisesten Riß in meiner Würde erlaubt: Zu jedem Zeitpunkt habe ich das Bild einer stabilen, starken Präsenz geboten, an der die anderen ohne eine Spur von Zweifel Halt finden konnten. Mag ich auch die eine oder andere anfechtbare Handlung begangen haben, so wurde ich doch fast immer von dem natürlichen Bestreben geleitet, das Wohl und die Zukunft meiner Familie zu sichern, und zu Eva gelangte nicht einmal das entfernteste Echo dieser Dinge; ihr seelischer Zustand wurde nie durch etwas getrübt, das von mir ausgegangen wäre. Ich habe mich bemüht, sie unschuldig wie einen Engel zu bewahren, rein wie einen unbeschlagenen Spiegel, und ich habe es vermieden, sie an gewissen Leidenschaften teilhaben zu lassen, die in mir nisteten und die mit ihr zu teilen mir unwürdig erschien. Ich habe es vorgezogen, sie außerhalb des Hauses zu befriedigen, immer unter den gebührenden Vorsichtsmaßnahmen im Hinblick auf Hygiene und Sicherheit.

Einsame Hauseingänge, leere Treppen, Wohnungen im Halbdunkel. Die Erinnerung an meine außerehelichen Beziehungen kommt auf leisen Sohlen, wie die Schritte auf einem weichen Teppich. Das metallische Geräusch des Schlüssels im Schloß. Es waren Abenteuer fern vom täglichen Leben, die nie den Bestand der Familie gefährdeten, und wenn es auch stimmt, daß ich sie zu verlängern suchte, was so weit ging, daß einige – die Beziehung mit Elena und die mit Isabel – Jahre dauerten, dann deshalb, weil ich der Sicherheit des Bekannten den Vorzug gab vor der Ungewißheit von Abenteuern, die sich in dubiosen Bars oder in Nächten ergaben, in denen der Alkohol zu kopflosen Handlungen führt. Das Begehren oder auch die Zärtlichkeit, die in diesen Fällen mit der Zeit entstand, waren zweitrangige Gefühle im Vergleich zu dem, was ich in Wahrheit suchte: die diskrete Befriedigung von Leidenschaften, die in mir lebten.

Kein Unbefugter hatte Zugang zum Telefon des Büros und noch weniger zu dem meines Hauses. Und wenn ich mich durch das Zusammenleben mit Elena und Isabel genötigt sah, Wohnungen zu finanzieren und ihnen Geschenke oder kleine Geldbeträge zukommen zu lassen, um ihre Bedürfnisse oder ihre Launen zu befriedigen, so hat dies doch niemals meine Finanzen belastet.

Und das nicht deshalb, weil ich mich ihnen gegenüber unehrenhaft verhalten hätte, denn ich habe nie ein Hehl aus meinen Absichten und schon gar nicht aus meiner Situation als Familienvater gemacht, der seine Frau und seine Kinder aufrichtig liebte. Ich habe auch nie unterlassen, ihnen in aller Klarheit darzulegen, was ich forderte: die völlige Hingabe im Bett, die man bei der Geliebten sucht und die durch mein eigenes Verhalten vergolten wurde. Ich brauche nicht zu verhehlen, daß sie Erfüllung fanden in meinen Armen, daß ich fähig war, ihre Leidenschaft zu entfesseln und das Begehren zu stillen, das ich in ihnen entfachte. Mein Charakter und auch mein Stolz hinderten mich daran, sie ohne die Gewißheit, ihnen bei jeder Begegnung Befriedigung verschafft zu haben, zu verlassen.

Nur bei ausgewählten Gelegenheiten sah ich sie außerhalb unserer gewöhnlichen Treffpunkte, und dabei spielten Vernunft und Kalkül eine wichtige Rolle. Vor allem Isabel, aber auch Elena, begleiteten mich auf zahlreichen Reisen, fast immer außerhalb Spaniens, an Orte, wo es so gut wie unmöglich war, auf irgendeinen Bekannten zu stoßen. Geschäftsreisen, bei denen sie im Hotelzimmer das Ende meiner Sitzungen erwarteten, während sie in Zeitschriften blätterten oder es sich vor dem Fernseher bequem machten. In freien Augenblicken betrieben wir etwas Tourismus, und bisweilen verlängerten wir den Aufenthalt noch ein paar Tage. Mit Elena bin ich nach Mexiko und Buenos Aires gereist. Isabel hat mich oft auf kurzen Reisen begleitet, aber wir waren auch gemeinsam in New York, London oder Mailand. Mit beiden habe ich kurze Zeiten in Paris verbracht, obwohl Eva einige Jahre lang mit nach Paris kam und damit die Gewohnheiten ihres seßhaften Lebens durchbrach, um in Frankreich Einkäufe zu machen und die Gelegenheit zu einem Besuch bei Manuel zu nutzen, der in Bordeaux und in Rouen studierte.

Es war schäbig, wie ich zugeben muß, aber ich hielt mich für einen Glückspilz, da Eva das Reisen haßte: Es war, als würde das Schicksal noch mit diesem kleinen Detail seinen Beitrag zu der von mir angestrebten emotionalen Stabilität leisten und mir erlauben, die friedvollen Augenblicke des Familienlebens mit kleinen kosmopolitischen Abenteuern abzuwechseln, denn nicht immer ließ ich mich auf Reisen von meinen Madrider Geliebten begleiten, oft suchte ich auch Gesellschaft am Ort selbst, an den die Geschäfte mich geführt hatten. Und es ist seltsam, aber wenn in meinem Leben einige Male die Leidenschaft beinahe über den gesunden Menschenverstand gesiegt hätte, dann einer dieser Frauen wegen, von denen ich von vornherein wußte, daß sie vergänglich waren und unweigerlich ein paar Stunden später aus meinem Leben verschwinden mußten. Das Gefühl eines unmittelbar bevorstehenden Verlustes verstörte mich, erfüllte mich mit Bitterkeit.

Aber die Fahrt im Taxi zum Flughafen, die Formalitäten am Flugschalter und die Reise im Flugzeug verwandelten die Erinnerung an diese Frauen, die mich blind gemacht hatten und die ich verloren hatte, in einen immer feineren Nebel, obwohl ihre Körper und Gesten später, während eines mehr oder minder langen Zeitraums, sich mit denen meiner Frau und meiner Madrider Geliebten überlagerten und mein Begehren und meine Traurigkeit wieder aufleben ließen.

Noch heute erreichen mich Fetzen dieser Leidenschaft, vor allem in der für mich immer traurigen Stunde der Abenddämmerung. An den Tagen, an denen diese Sehnsucht in mir aufsteigt, bitte ich Ramón, mir das alte eheliche Schlafzimmer zu richten, das seit Evas Tod normalerweise verschlossen ist. Ich weiß nicht, ob Ramón die Gründe dieser regelmäßigen Veränderung meiner Gewohnheiten erahnt. Ich suche in den Schubladen, deren Schlüssel ich eifersüchtig hüte, und lasse mich von meinen Instinkten leiten – das Zwielicht, der Halbschatten der Vorhänge, die das Fenster nachts verdecken –, bis das Bild meines Körpers im Spiegel mir die Ahnung meiner dahintreibenden Gefühle und die Gewißheit des Verfalls des Fleisches zurückgibt.

Ich bin nicht mehr stark. Ich bin einfach dick, und mein Bauch ist weiß wie der eines Neugeborenen. Ich fürchte, daß Ramón diese trostlosen Zeremonien erahnt und sie sogar heimlich beobachtet, denn manchmal scheint es mir am folgenden Morgen, als sei er schweigsamer und ausweichender als sonst. Beim Aufräumen des Zimmers muß er auf die Spuren meiner zweifelhaften Tatkraft in der Bettwäsche stoßen.

Der Argwohn des einsamen Mannes, des Witwers. Genau wie ich ist Ramón ein einsamer Mann; nicht einmal an seinen freien Tagen verläßt er das Haus. Er bleibt den ganzen Nachmittag in seinem Zimmer; abends ruft er mich zur Stunde des Abendessens, und dann hilft er mir beim Baden und beim Zubettgehen. Ich weiß wenig über seine Familie und nichts über seine jetzigen Beziehungen, wenn er überhaupt welche hat. Vage Hinweise auf seine bäuerliche Vergangenheit, der eine oder andere Telefonanruf von jemandem, der anscheinend sein Neffe ist, und an manchen Donnerstagen kurze Ausgänge, für die er mir nach seiner Rückkehr nicht die geringste Erklärung gibt. Gleichwohl ist Ramón weder von seiner Erscheinung noch von seinen Jahren her alt oder von irgendeiner Krankheit gezeichnet. Er muß um die vierzig sein, obwohl er um einiges jünger wirkt durch seinen kräftigen Körper: ein Bild von einem Mann, dessen maskuline Züge durch den dichten Bart verstärkt werden.

Wenn er von diesen kleinen Eskapaden zurückkehrt, suche ich unwillkürlich bei ihm nach Zeichen befriedigter Lust, Beweisen von Müdigkeit oder Spuren eines neuen Duftes. Niemals habe ich etwas entdecken können, das meine Neugier gemildert oder gar befriedigt hätte. Ich frage mich, ob nicht vielmehr ich es bin, der ihn ausspioniert, statt umgekehrt.

In diesem Fall wäre die Neugier eines der neuen Laster, die mit dem Alter in mir entstanden sind. Ich habe weder meine Frau noch meine Kinder ausspioniert und natürlich auch nicht die Dienstboten, niemals in der langen Zeit, in der ich mit der Familie gelebt habe. Ich habe ihr Leben geordnet, das ja, und ich hielt es für selbstverständlich, daß ich Autorität genug besaß, um zu gewährleisten, daß die von mir auferlegte Ordnung von niemandem verletzt wurde, denn es war die Ordnung, die die Umstände erforderten, ihr Ausdruck.

Niemand – nicht einmal meine Geliebten – hat mir je Eifersucht vorgeworfen oder sich von mir überwacht gefühlt. Ich habe ohne Argwohn akzeptiert, daß Eva mich auf meinen Reisen nicht begleitete. Meine Kinder haben sich jahrelang darauf beschränkt, mir die Zeugnishefte mit den Noten vorzulegen und mir dann, wenn sie nicht zufriedenstellend waren, die Gründe dafür zu erklären. Ich beschränkte mich darauf, etwas zu überwachen, das scheinbar prosaischer war, obwohl es den wahren Kern der Stabilität bildete, in der wir lebten.

Ich überwachte sorgsam die Bankkonten, die Lieferscheine, das Bezahlen und Eintreiben von

Rechnungen, die Pläne, die Materialien, die Arbeit der Vorarbeiter und Architekten und die Fristen für die Übergabe der Bauten. Ich bin immer der Überzeugung gewesen, daß die Ehe eine Verteilung der Aufgaben erfordert, einen Vertrag, durch den jeder Teil gewisse Verantwortungen übernimmt, sich strikt an gewisse Regeln zu halten hat, und ich habe mich an meine gehalten und bin in blindem Glauben davon ausgegangen, daß die anderen sich an die ihren hielten.

Bei meinen immer selteneren Reisen nach Misent setze ich mich wieder in den Ledersessel, der mir der liebste war, bitte Ramón, die Rolläden hochzuziehen, und lasse Erinnerungen in mir aufsteigen, die ich als vollkommene Gegenstände will, als Kristalle, frei von der betörenden Dichte des Gefühls. Und ich frage mich, warum es keine Erinnerungen ohne Gefühl geben kann.

Eva konnte sehr gut tanzen. »Es macht mich lebendig. Tanzen macht mich lebendig«, sagte sie zu mir, während ich sie, um die Schultern, um die Taille oder an der Hand gefaßt, zur Tanzfläche führte. Sie besaß eine merkwürdige Fähigkeit, sich unsichtbar zu machen und einen gleichzeitig zu bestricken. Sie fiel mir entgegen, ließ ihren Kopf auf meine Schulter sinken, und doch spürte ich ihr Gewicht nicht. Sie umfing einen wie ein Wohlgefühl.

Selbst in den drei ersten Jahren, in denen wir in Madrid lebten, besaßen wir trotz der Schwierigkeiten gute Laune und Geld genug, um tanzen zu gehen. Natürlich waren damals die Kinder noch nicht da; wir nahmen die Straßenbahn am Sonntagnachmittag und fuhren zu den Gartenlokalen in der Nähe des Manzanares hinunter, wohin die Arbeiter zum Tanzen gingen. In diesem Ambiente strahlte Eva mit ihrem Stil und ihrer Eleganz wie eine Göttin. Erst später begannen wir ins Copacabana, ins Pasapoga oder ins Casablanca zu gehen, Lokale, die wir Jahre später fast heimlich aufsuchten, als es unter den Angehörigen unseres Kreises üblich geworden war, zu den Freunden nach Hause zu gehen und den Salon zum Tanzen herzurichten oder sich im Garten aufzuhalten.

Es waren die Jahre des Boleros, von Agustín Lara und Machín, und wir berauschten uns an unserer Liebe, indem wir uns engumschlungen auf der Tanzfläche drehten und unsere Gesichter ganz nah beieinander fühlten. Evas Haarspitzen streichelten meine Wange und waren die zarteren Spitzen ihrer Finger, ihre köstlichste Art zu berühren. Nie wurde in Madrid soviel getanzt, nie wurde soviel Champagner getrunken wie in jenen Jahren.

Wir kamen von außerhalb, bereit, eine Stadt zu erobern, in der es leicht war, das Unmögliche zu erreichen. Es genügte ein Kontakt, eine Tür (bisweilen nur ein Fenster), durch die man diese Welt rascher Geschäfte betreten konnte, in der alles gierig gekauft und verkauft wurde: Whisky, Champagner, Penicillin, Zement, Morphium, Kaviar, Seidenstoffe aus Paris. Uns genügten ein paar Adressen von Lieferanten, mit denen Manolo, Evas Bruder, uns in Verbindung brachte, bevor wir Misent verließen, und unsere ungeheure Lust auf Arbeit und auf Leben.

Und dann war da Evas Stil, ihre Eleganz, die sie herausragen ließen aus dieser Menge von Emporkömmlingen, die die Stadt im Sturm genommen hatten. Denn ihr gefielen die Boleros, aber sie konnte auch über Mozart reden, wunderbar französisch sprechen, billige Schuhe auswählen, die aussahen wie teure Modelle, stilvoll den Schmuck tragen, den sie hatte mitnehmen können, und mit Geschmack ihren Kleiderbestand erneuern, indem sie selbst sich die Kleidungsstücke auf der Nähmaschine der Pension nähte, als die Kleider, die sie aus Misent mitgebracht hatte, aus der Mode gekommen waren. Sie besaß sogar die Kunst, die Dinge so zu lenken, daß die Intimität unserer Beziehung in den ersten Zeiten die gewünschte Grenze nicht überschritt, und immer – obwohl sie alles zu geben schien – gelang es ihr, unsere Adresse zu verheimlichen. Jedesmal, wenn das Telefon im Flur der Pension klingelte, nahm sie selbst den Hörer ab, um zu verhindern, daß irgendeine Indiskretion den Kreis aus Schatten und Heimlichkeit, den wir um uns gezogen hatten, in Gefahr bringen konnte.

Heute heißt es, in den letzten zehn Jahren seien die raschesten Vermögen in der Geschichte unseres Landes gemacht worden. Ich glaube nicht, daß das stimmt. Madrid war damals ein riesiges unbebautes Gelände, auf dem Pfeiler und Gerüste hochgezogen wurden und wo man alles erreichen mußte, weil man nichts besaß. Ich erinnere mich, daß wenige Wochen nach unserer Ankunft, als wir die schlimmsten Momente erlebten und gegen die Verzweiflung ankämpfen mußten, Jaime Ort – einer der Kontakte, zu denen Evas Bruder mir verholfen hatte –, den ich bei einem Spaziergang begleitete, mich an einen Ort hinter Cuatro Caminos führte und mir mit dem Zeigefinger jene trostlose Landschaft aus winterdürren Gräsern und gerodeten Flächen zeigte.

»Was siehst du?« fragte er mich. Und ich antwortete ihm, ich sähe ein elendes Stück Land, das mich voll Sehnsucht an die Sinnlichkeit unserer Heimat am Mittelmeer denken ließ. Er lachte. »Du bist nicht sehr weitsichtig, Carlos.« Ich sagte, wenn das, was er von mir wolle, eine Aufzählung sei, dann sähe ich Brachland, ein paar armselige Hütten, die sich die Unebenheiten des Terrains zunutze machten, Kinder, die in den Müllhalden wühlten, und ein paar Hunde. Jetzt lachte er schallend. »Paß bloß auf, daß du vor lauter Hunden nicht das Gold übersiehst«, unterbrach er mich, während er mir auf die Schulter klopfte, ohne mit dem Lachen aufzuhören. »All das, soweit dein Blick reicht, diese ganze riesige Fläche armseligen Bodens bis hin zu den Bergen da, ist nämlich nichts als ein gewaltiger Bauplatz, der darauf wartet, daß jemand so freundlich ist, ihn zu bebauen.« Dann drehte er sich um, wandte sein Gesicht der Stadt zu und fügte hinzu: »Und da ist der Markt.« Es war eine Aufforderung, mich mit ihm zusammenzutun, und ich akzeptierte sie. Und noch an diesem Nachmittag begannen wir unsere gemeinsamen Geschäfte.

Einstweilen verkaufte er andere Dinge auf dem Markt. Manchmal höre ich, die Grundlagen eines Gutteils der spanischen Unternehmen, vor allem im Baubereich, seien in jenen Jahren mit Penicillin, mit Morphium oder ich weiß nicht welcher Schwarzmarktware gelegt worden. Ich bin nicht einverstanden mit denen, die so reden: sie wurden vor allem mit großer Anstrengung, mit Arbeit und mit Phantasie gelegt. Und wenn ich so rede, denke ich an Jaime Ort und an sein Büro, durch das alles ging, in dem alles getauscht, gekauft oder verkauft wurde, aber das war nur möglich, weil unser Wille dahinterstand. Wenn wir etwas taten, das heute wenig ehrenhaft erscheinen mag, dann taten wir es, weil wir vorankommen mußten und mit uns ein Land, das aus weniger als aus dem Nichts erstand, und das verlangte nur zu oft eine gewisse Härte.

Es waren keine Zeiten für anständige junge Damen, obwohl man sie in einem prachtvollen Jahrgang um sich herum heranwachsen sah. Ich kann nicht behaupten – so wie ich es vom Tanzen und vom Champagner gesagt habe –, Madrid habe niemals so viele Frauen gesehen wie damals, aber den Eindruck hatte man wohl. Wer behauptet, diese Jahre seien Jahre der Scheinheiligkeit und der Intoleranz gewesen, dem wünsche ich, er hätte die Gelegenheit gehabt, an der Hand von Jaime Ort durch die Nächte des damaligen Madrid zu flanieren. Die Stadt hatte sich verpuppt, und an gewissen Orten brach sie auf und entließ Tausende von prächtigen Schmetterlingen, die die Flügel ihrer Verführung entfalteten. Sie umflatterten einen überall dort, wo das Geld floß. Sie blühten in Wohnungen, in Stundenhotels, zeigten ihre lackierten Fingernägel an den Theken der amerikanischen Bars, die langen Finger in Rauch gehüllt, schauten einen mit feurigen Augen von der Tanzfläche her an oder lehnten sich an das Klavier, dessen Noten eine diffuse Sehnsucht atmeten.

Mit Jaime ging ich ins Chicote und ins O'Clock, ins Villa Rosa und ins Pydoux. Er lehrte mich zu sehen und zu erkennen unter den Neonlichtern, und auch, daß es keinen Mittelpunkt der Welt gibt, außer einem selbst. Ich behaupte nicht, wir hätten nicht aus dem strahlenden Kelch der Stadt getrunken, aber wir verloren nie aus dem Blick, daß wir diese Orte deshalb besuchten, weil dort ein großer Teil unserer Geschäfte abgewickelt wurde und weil dort unsere Kunden, unsere Gläubiger, unsere möglichen Partner und unsere Konkurrenten verkehrten. Jetzt sahen wir ihn aus der Nähe, den Markt, den er mir eines Nachmittags in der Umgebung von Cuatro Caminos aus der Ferne gezeigt hatte.

»Wir verdienen Geld für uns selbst, nicht, um es unterwegs anderen zu überlassen, und wir geben es nur aus, um es weiter verdienen zu können«, sagte er zu mir. Diese Art, die Welt zu sehen, fiel bei mir auf fruchtbaren Boden. Vielleicht weil nur jemand, der von unten kommt und seinen Platz sucht, sie verstehen kann, wie ich sie verstanden habe. Jetzt denke ich, wenn es mir nicht gelungen ist, sie meiner Frau und meinen Kindern zu vermitteln, dann lag das nicht an meiner Unfähigeit, sondern daran, daß sie (nicht einmal Eva in den ersten Zeiten in Madrid) niemals das Bewußtsein hatten, unten zu sein.

Und wenn ich so denke, erkläre ich mir die Bitterkeit, die mich manchmal erfaßt, die Gewißheit, daß Eva an meine Kinder eine ererbte Sorglosigkeit weitergegeben hat, an der ich nie habe teilhaben können und die mich von ihnen entfernt hat. Nach drei Jahren ständigen Kampfes kaufte ich Ende 1948 das Grundstück für das Haus in La Fuente del Berro, in dem ich jetzt lebe und schreibe, und nach einigen Monaten begann ich mit dem Bau, obwohl ich noch immer glaubte, mein Aufenthalt in Madrid würde nur eine Zwischenphase vor der endgültigen Rückkehr nach Misent sein.

Zwei Jahre später hatten Ort und ich sämtliche zweifelhaften Geschäfte aufgegeben, das neue Haus war eingerichtet, und Eva hatte unsere erste Köchin angestellt. Als Manuel geboren wurde, war alles fertig, denn, wie Eva mit ihrer charmanten Art gern sagte, »es wäre nicht richtig gewesen, wenn das Vögelchen vor dem Bau des Nestes gekommen wäre«.

In den folgenden Monaten nahmen wir das Kind in die Arme und tanzten zu dritt im Salon des Hauses die Boleros, die Eva auf das Grammophon legte, obwohl ich zur damaligen Zeit ein paar Tage mit Elena in einem Chalet in der Sierra verbracht hatte und Dr. Beltrán unser Hausarzt geworden war und uns Schallplatten mit klassischer Musik schenkte, die er sich aus dem Ausland mitbringen ließ.

7. August 1992. Warum die Notizen in diesem Heft nicht datieren und es damit in eine Art Tagebuch verwandeln? Warum habe ich zu schreiben begonnen? Für wen? Vielleicht nur, um auf einige Papiere von Manuel zu antworten, die ich neulich gefunden habe, während ich das Zimmer durchsuchte, das er vor Jahren bewohnt hat, nach seiner Scheidung, in den Tagen, in denen Eva im Krankenhaus starb, und deren Lektüre mich mit Traurigkeit erfüllt hat. Er hat diese Seiten geschrieben und sie dann vergessen, ohne daran zu denken, daß er mir damit wehtun konnte. Sogar darin gleicht er seiner Mutter: Sein nachlässiges Verhalten ist eine Form von Rücksichtslosigkeit den anderen gegenüber, eine Form von Überheblichkeit.

Die Stadt ist heute nachmittag erneut in erdrückender Schwüle gefangen. Seit einigen Tagen wechselt die schwüle Hitze immer wieder mit Unwettern ab, die mit schwerem elektrischen Geschütz daherkommen. Von dem Rohrsessel aus, in dem ich vor mich hindöste, habe ich einen Schwarm Tauben vorbeifliegen sehen. Dann hat es angefangen zu regnen. Mir kam der Gedanke, daß auch die Tiere an einem ähnlichen Unwohlsein wie meinem teilhaben: Mir ist, als würde mir gleich der Kopf platzen. Das Universum bildet eine Einheit, und wir, die wir es bewohnen, haben in geheimnisvoller Weise an seinen Stimmungen teil, an seiner Energie. Ramón und ich.

Das Unwetter hat für einen Augenblick unser Gleichgewicht gestört. Ich habe nach der Schachtel gesucht, in der Ramón meine Beruhigungsmittel aufbewahrt, und konnte sie nicht finden. Vielleicht wuchs meine Empfindlichkeit mit dem Unwohlsein, das den ganzen Nachmittag zu beherrschen schien, jedenfalls hat die Suche nach dieser Schachtel vor meinen Augen ein Bild des Alters entstehen lassen, das mir zutiefst mißfallen oder, um es ohne Umschweife zu sagen, das mir angst gemacht hat.

Wie ich schon sagte, wahrscheinlich hat das schwüle Wetter eine Rolle gespielt, aber während ich bei der vergeblichen Suche war, habe ich mich mehr und mehr erregt, habe ich allmählich gemerkt, daß ich am ganzen Körper zitterte, und am Ende habe ich mich, schwitzend und wutentbrannt, auf den Knien vor einem der Möbel des Badezimmers wiedergefunden. Als ich mich so im Spiegel sah, habe ich mich aufgerichtet, von grenzenloser Panik gepackt, und auf die Klingel gedrückt, die mich mit Ramón verbindet, eine Klingel, die an den strategischen Orten des Hauses installiert ist und in der Küche, im Bügelzimmer, im Garten und in der Dachkammer ertönt.

Normalerweise erscheint Ramón sofort, wenn ich auf diese Klingel drücke, doch heute ist er nicht aufgetaucht, als würde sich die atmosphärische Störung auch auf die häusliche Ordnung auswirken, die uns vereint. So sehr schienen meine hartnäckigen Rufe ins Leere zu fallen, daß ich bis zum Fuß der Treppe gegangen bin, die zur Dachkammer hinaufführt, und sie von dort aus wiederholt habe, dieses Mal mit lauter Stimme, abermals ohne eine Antwort zu erhalten. Entsetzen packte mich, und ich habe überlegt, ob ich selbst zur Dachkammer hinaufsteigen sollte, aber als ich den Blick hob, verließ mich der Mut.

Es war nicht Trägheit. Schließlich und endlich hätte mir das Hinaufsteigen dieser Stufen als Entspannungsübung dienen können, jetzt, da auf die Stadt ein Platzregen niederging, der auf die Blätter der Bäume im Garten und gegen die Scheiben der Fenster prasselte und mir die ersehnte Beruhigung verschaffte. Nein, es war nicht diese Art Müdigkeit, sondern eine andere, ferne, die aus den Tagen kam, an denen ich mit dem Architekten über die Pläne diskutierte, als der Bau des Hauses begann. Plötzlich weiß ich wieder den Grund für jedes einzelne Detail dieser Treppe, die deshalb so breit ist, weil Eva und ich von Anfang an die Idee hatten, die Dachkammer als Spiel- und Lernzimmer für die Kinder herzurichten, die wir haben würden, und bei ihrem Entwurf die größtmögliche Sicherheit im Auge hatten.

Als Speicher oder Abstellraum richteten wir ein kleines Gartenhaus her, das an der rückwärtigen Mauer liegt. Es war das einzige Gebäude, das sich auf dem Grundstück befand, als wir es kauften, und die vorherigen Besitzer hatten Utensilien und Werkzeuge und auch einige Möbel darin aufbewahrt, die Eva besonders interessierten, denn unter ihnen befanden sich Stücke im isabellinischen, alfonsinischen und ich weiß nicht was sonst noch für einem Stil. Wir beschlossen, das Gartenhaus für den gleichen Zweck zu benutzen, denn nach den Plänen, die wir für das Haus entworfen hatten, befand es sich an einem sehr bequemen und auch sehr diskreten Platz im weniger repräsentativen Bereich, hinter der Küche. Von Efeu und Königin der Nacht überwuchert, war es überdies fast unsichtbar. Neben dem Gartenhaus haben wir eine nicht sehr tiefe, ziemlich breite Bodensenke erhalten, die die alten Besitzer benutzt hatten, um Laub und Gestrüpp zu verbrennen, und die Ramón heute noch zum gleichen Zweck benutzt.

Wir behielten also dieses mittelgroße Gebäude

weiterhin als Abstellraum und errichteten einen kleinen Pavillon am rechten Flügel des Hauses, am Rand des Schwimmbeckens. Zwei der vier Seiten des Pavillons bestanden aus großen Glasscheiben, die entfernt wurden, wenn das schöne Wetter begann, so daß die Luft frei im Innern des Raums zirkulieren konnte. Eva benutzte diesen Ort, der als Anrichte für den Sommer gedacht war, vor allem im Herbst. Es war ihr bevorzugter Leseraum. Sie ließ den Kamin anzünden und verbrachte ganze Nachmittage dort, und dann und wann hob sie den Blick von den Buchseiten, um ihn auf den verwelkten Blättern der Bäume ruhen zu lassen, auf denen das Licht der milden Oktobersonne lag.

Sie las gern mit lauter Stimme. Oft lenkte sie mich von der Arbeit ab, um mir ein paar Seiten aus einem Roman, ein Gedicht oder eine Nachricht aus der Zeitung vorzulesen. »Du hörst mir nicht zu«, beklagte sie sich, obwohl ich mich bemühte, eine aufmerksame Miene aufzusetzen, die ihr niemals ausreichend erschien. Jahre zuvor war es an mir gewesen, ihrem Bruder Manolo vorzulesen, aber diese Lektüren waren Teil eines doppeldeutigen Vertrages, in dem sich freundschaftliche Verpflichtungen mit solchen vermischten, die nur mit der Arbeit zu tun hatten. In meinem Kopf hatte sich dieses Vorlesen in den ersten Zeiten meiner Beziehung zu der Familie mit einer distanzierten, überheblichen Haltung verbunden, die charakteristisch für sie alle war, und dieses Gefühl sprang mich wieder an, wenn ich Eva umgeben von Büchern und Musik hörend im Pavillon sah. Wenn ich vor einigen Tagen in dieses Heft geschrieben habe, ich sei niemals eifersüchtig gewesen, dann sollte ich diese Behauptung relativieren, denn ich war oft eifersüchtig auf den Pavillon, auf die Bücher und auf die Musik, die sie von mir entfernten, oder, um genauer zu sein, die mir bewiesen, daß meine Annäherung an sie nur in gewissen Parzellen stattfand und daß es eine gewaltige Leere gab, die nie gefüllt werden würde.

Der Anblick der Treppe zur Dachkammer hat mir in Erinnerung gebracht, wie trostlos die Gefilde waren, die Distanz zwischen uns schufen, die immer trennend zwischen uns lagen, obwohl wir uns in den besten Zeiten bemühten, sie mit Gesten der Zuneigung zu füllen. Ich habe Eva wieder vor mir gesehen, wie sie im Pavillon saß und einem vagen musikalischen Echo lauschte, und ich habe sie gesehen, wie sie auf dem Teppich der Dachkammer lag und Manuel Geschichten vorlas, bevor er lernte, es selbst zu tun. Sie las ihm stundenlang vor, ohne müde zu werden, immer mit derselben Wärme in der Stimme, und sie veränderte den Tonfall und den Rhythmus und schauspielerte ein wenig, wenn es eine Gestalt war, die sprach; dann wurde ihre Stimme rauh und drohend, wenn es sich um den Wolf handelte, und kristallklar, wenn aus ihr eine Fee oder eine Prinzessin sprach.

Ramón hat mich dort, am Fuß der Treppe, gefunden, die Hand auf das Geländer gestützt und mit einem Ausdruck von Niedergeschlagenheit, der ihn beunruhigte. »Ist Ihnen nicht wohl? Haben Sie etwas?« sagte er zu mir, und dann erklärte er mir, warum er so lange gebraucht hatte: Er sei eingeschlafen, sei nackt gewesen (»wegen der Hitze, wissen Sie«, sagte er) und habe sich ankleiden müssen, bevor er heruntergekommen sei. Das Wort ›nackt‹ hat eine merkwürdige Empfindung in mir ausgelöst, denn es gelang mir nicht, das Bild seines kräftigen Körpers aus dem Kopf zu bekommen, wie er ausgestreckt auf einer Matratze in dieser Dachkammer lag, die für mich noch immer ein kindliches Depot für Puppen, Eisenbahnen, Zinnsoldaten, Feen und Prinzessinnen ist und in meiner Erinnerung unverändert nach dem Kölnischwasser des abendlichen Bades duftet.

Seit Ramón im Haus lebt, bin ich nie in die Dachkammer hinaufgestiegen, und ich bin unfähig, mir die Ordnung vorzustellen, die er dort geschaffen hat. Das Bild seines nackten Körpers und die Tatsache, daß ich nichts über den gegenwärtigen Zustand dieses Teils des Hauses weiß, der mir jahrelang der liebste war, haben mich darüber nachdenken lassen, wie das Alter den Prozeß der Entfremdung, des Verlusts beschleunigt. Man verliert Fähigkeiten, aber auch Räume: Orte, die man nicht mehr besucht, Zimmer, deren Türen man nicht mehr öffnet, Winkel des Gartens, die ich nicht mehr betrete.

Zum ersten Mal, seit er hier ist, habe ich ihn als einen Fremden empfunden. Nicht als Teil des Personals, so wie ich Hausangestellte, Gärtner oder Köchinnen immer gesehen habe, sondern als einen Krebs, der zu wuchern begonnen und einen Teil des Hauses befallen hat. Das Unwetter vertreibt die Tauben aus dem Himmel. Jetzt verbinden sich mit der Dachkammer seine großen nackten Füße und seine kräftigen Beine, die sich rasch bewegen. Ich habe mich neugierig gefragt, wie er wohl die Wände dekoriert hat, ob er Fotografien der Familie auf dem Nachttisch stehen hat, oder Landschaftsbilder oder eines dieser Plakate aus pornografischen Zeitschriften, das dem Raum etwas Kasernenhaftes verleihen würde. Ich kann es mir nicht vorstellen, obwohl ich angesichts seiner großen Sorgfalt und Ordentlichkeit eher an eine jener Dekorationen denke, die bei armen Leuten, die etwas darstellen wollen, als geschmackvoll gelten: Trockenblumen, ein Harlekin, etwas in dieser Art.

Tatsächlich habe ich wohl unbewußt diese Vorstellung gehegt – die des Harlekins und der Blumen –, bis ich an jenem Nachmittag aus seinem Mund das Wort ›nackt‹ hörte. Die Unmittelbarkeit seines Körpers hat mich getroffen und den Widerspruch ans Licht gebracht, der Ramón innewohnt: seine Manieriertheit, seine fast weibliche Sorgfalt im Umgang mit den Dingen und mit sich selbst und gleichzeitig seine körperliche Kraft. Wenn man ihn sieht, hat man den Eindruck, daß seine Handlungen von jemandem vollzogen werden, der nicht er ist; nur wenn er Bäume beschneidet oder im Garten gräbt oder sich irgendeiner sportlichen

Übung hingibt, kommt es anscheinend zu einer Versöhnung zwischen den Bewegungen und dem Körper, der sie ausführt.

Während ich diese Sätze schreibe, wird mir klar, daß auch manche Bewegungen nicht zu Eva zu passen schienen. In der Liebe war es so: Ich hatte immer das Gefühl, daß die animalischen Gebärden, die die Liebe erfordert, die forcierten, ja demütigenden Positionen ihr nicht entsprachen. Ich lag mit ihr im Bett, und mir war, als habe sie eine Stellvertreterin entsandt, etwas wie eine äußere Hülle ihrer selbst. Während ich mich gegen diese Hülle warf, saß dieselbe Eva lesend in einem Sessel, immer vor dem musikalischen Hintergrund jener Schallplatten, die Dr. Beltrán ihr schenkte.

Daher die Direktheit meiner ersten Begegnungen mit Elena, denn die Liebe forderte von uns Bewegungen, die unsere Körper kannten; mehr noch, die einzigen Bewegungen und Gesten, in denen sich unsere Körper seit jeher wiedererkannten. Die sich niederhockten, einander die Zunge reichten, mit den Fingern die schmutzigsten Orte suchten und stoßweise keuchten und seufzten, sie waren die einzige Wahrheit unserer selbst, und alles übrige war die Maske, die die anderen uns aufzwangen.

Wir lernten uns 1948 kennen, bei einem Fest, zu dem ich mit Ort gegangen war. Elena, die als Dolmetscherin arbeitete, war als Freundin der Tochter des Unternehmers gekommen, der das Fest veranstaltete. Heute würde man sie als Feministin bezeichnen, denn sie war eine dieser Frauen, die aus der Franquistischen Frauenorganisation hervorgegangen waren, die rauchten, tranken und Tennis spielten, recht unübliche Aktivitäten für die Mehrzahl der Frauen der damaligen Zeit. Wir erkannten unser Begehren auf den ersten Blick.

Seit meiner Hochzeit mit Eva hatte ich keine anderen außerehelichen Beziehungen gehabt als die Begegnungen, zu denen mir ein paar alkoholische Nächte mit Ort verhalfen, die im Bett irgendeiner Halbweltdame endeten. Aber Elena war keine Halbweltdame: Sie war ein Körper, der sich von Kopf bis Fuß in Sex verwandelte. Wir erkannten einander sofort, vielleicht weil ich eine körperliche Ehrlichkeit oder Brutalität brauchte, die Evas Zartheit mir nicht gestattete. Mit Elena habe ich diese Ehrlichkeit gelebt.

In der ersten Nacht verließen wir gemeinsam das Fest. Ort hatte mir die Schlüssel seines Wagens und die eines kleinen Chalets in der Nähe von Las Matas überlassen. Elena setzte sich nackt auf das Bett, und ich kniete vor ihr nieder. Sie öffnete ihr Geschlecht für mich, und ich vergrub mein Gesicht in ihm. Es war das erste Mal, daß ich aus einem Geschlecht trank: Bei den Prostituierten hatte ich immer Ekel empfunden, und Eva hatte ich nie darum zu bitten gewagt. Ich wußte auch, daß diese Leidenschaft nicht gut für den Erhalt des häuslichen Gleichgewichts gewesen wäre und daß sie ihren Ort außerhalb der Ehe hatte, als notwendige Ergänzung.

Nein. Unglücklicherweise sind Erinnerungen nicht neutral, auch kaum von Nutzen: sie beschränken sich nicht einmal auf eine Folge von Bildern wie die Sammlungen bunter Bildchen, die Manuel in seiner Kindheit anlegte: Fußballspieler, wilde Tiere, Wunder der Welt, die Zehn Gebote. Erinnerungen besitzen eine Reihenfolge, ein Vorher und Nachher, die Zeit der Verletzungen und die der Wunden, die jahrelang weitereitern, ohne daß etwas sie heilen könnte.

Sex mit Elena, das erschien mir am Anfang wie eine reife Frucht, und dann mußte ich jahrelang immer wieder an einen verletzten Vogel denken. Erinnerungen kann man nur mit Sehnsucht beschönigen, und die Sehnsucht ist dumm wie diese Harlekin-Dekoration, die ich mir in Ramóns Zimmer vorgestellt hatte, bis ich, durch ein Wort von ihm, seinen Körper entdeckte.

Elena, die Gier. Ich wache in der Nacht auf und versuche, mich an die Eigenheiten ihres Körpers zu erinnern, an den Ton ihrer Stimme, und es gelingt mir nicht. Graue Linien, die sich auflösen, wenn ich die Augen schließe, und die nicht da sind, wenn ich sie öffne, Flecken auf nassem Papier. Ich spüre die Materie, aus der Elena gemacht war, aber nicht ihre Form, ihre Ordnung, die meine ungeordnete Gier war.

Manchmal frage ich mich, wie mein Leben mit ihr ausgesehen hätte, und auch, warum mir nie durch den Kopf gegangen ist, daß es dazu kommen könnte. In der ersten Nacht, als ich gerade dabei war, ihr im Chalet noch einen Whisky einzuschenken, fiel der Strom aus, und eines der Gläser zerbrach auf dem Boden. Ich hörte ihr Lachen im Dunkel und begann auf der Stelle, im Stehen, in ihre Brustwarzen zu beißen. Ich hatte Lust zu weinen. Ich tat es später, mit dem Kopf zwischen ihren Schenkeln, und das Salz meiner Tränen mischte sich mit dem ihres Geschlechts. Sie beugte sich über mich, zerwühlte mein Haar, und ich weinte zwischen ihren Beinen, weil ich das Gefühl hatte, daß das Leben und das Glück da waren, daß man nur die Hand auszustrecken brauchte, um sie zu fassen, und daß ich nicht wußte, wie ich es anstellen sollte.

Während sie sich anzog, beim ersten Tageslicht, das durch das Fenster drang, sagte ich zu ihr: »Hast du keine Angst?« Sie wandte sich zu mir um. »Wovor?« fragte sie. »Daß ich dich für irgendeine Hergelaufene halte.« Sie lachte laut auf und nannte mich ›Hure‹, und ich zog sie in blinder Hast wieder aus. Und während ich ihr die Kleider vom Leib riß, dachte ich, daß Eva mich so sehr verachtete, daß sie nicht einmal versucht hatte, mich zu vögeln.

Aber warum schreibe ich das? Warum lasse ich mich von Erinnerungen beherrschen, von den offenen Wunden? Warum demütige ich mich, ohne daß jemand es von mir fordert? Ich begebe mich in eine offene Wunde, befühle ihre Ränder, spüre, daß diese Ränder Evas Haarsträhnen sind, die mein Gesicht streifen, ihre Arme, die über meinen Schultern schweben, während wir einen Bolero tanzen im Salon von Dr. Beltrán, der voller Freunde ist, mit denen sie sich im Lauf der Zeit umgeben hat, die sie sorgfältig, wie mit der Pinzette, ausgewählt hat und die alle nützlich für meine Geschäfte sind, aber von denen niemand mir ähnlich ist.

An jenem Abend ist Ort nicht da. Er wird nicht mehr eingeladen, weil es zu vulgär wirkt, wenn er die Brieftasche hervorholt und ein mit Gummiband zusammengehaltenes Geldbündel zeigt, wenn er eine Zigarre anzündet und das Streichholz in der Luft hin und her schwenkt, um es zu löschen. Nein: Ort kommt nicht mehr. Wir sind nach wie vor Partner bei einigen Geschäften, wir sehen uns an manchen Tagen zur Mittagszeit, wir reden bei einem Glas über Geld, über Nutten oder über Fußball. Zuweilen stellt er mich einer seiner Freundinnen vor, die alle wie kindliche Puppen aussehen, magere Mädchen, die er gern unter seinem immer größeren Gewicht erdrückt.

Ort besitzt eine überschäumende Vitalität, die ihn aus dem Hemd platzen, seine Sakkos anschwellen läßt, die sein Gesicht über dem Schnurrbart rötet, und diese Vitalität wirkt deplaziert bei den Festen, die Evas Freunde veranstalten, Eva selbst scheint von Orts bloßer Gegenwart erstickt zu werden, so wie er in meiner Vorstellung die blonden Puppen unter dem zunehmenden Gewicht seines Körpers erstickt. Natürlich hat Eva ihn nach und nach in die Enge getrieben. Sie hat jede der Gesten Orts, die ihr nicht angemessen erschienen, registriert und mich auf sie aufmerksam gemacht, sie hat kaum merklich mißbilligend die Augen verdreht, wenn er die Stimme über das gesellschaftlich annehmbare Maß hinaus gehoben hat, sie ist zu mir gekommen, um mir von jedem groben Wort zu berichten, das er unter Ausnutzung eines Augenblicks relativer Intimität, den man inmitten einer lärmenden Gesellschaft in einem Flur, einer Ecke finden kann, zu einer der Freundinnen des Hauses sagte.

Am Anfang, ja. Am Anfang ist er der Meister, derjenige, der uns zeigt, wo die Dinge in Madrid sind und wie man sie bekommt, der uns in einem Labyrinth führt, der uns zum Essen einlädt, weil er, man weiß nicht wie, merkt, daß unsere wirtschaftliche Lage sich noch verschlimmert hat. Er macht es immer diskret, außerhalb seines Hauses, ohne daß seine Frau oder meine davon erfahren. Er führt uns in irgendein Restaurant, und nach dem Essen, wenn Eva aufsteht, um sich in der Toilette zurechtzumachen, reicht er mir zwei Tausend-Peseten-Scheine.

Eva ruft ständig seine Frau an, sie gehen zusammen aus, ins Kino, zum Einkaufen oder zum Kaffeetrinken auf die Gran Vía. Ort ist der einzige, der einige Male die Pension betreten hat, in der wir in den ersten Monaten lebten; er ist der einzige, bei dem es nichts ausmacht, daß er sie betritt. Er weiß alles. Der einzige, den Eva zum Essen in die schäbige Wohnung einlädt, in die wir später gezogen sind. Sie plaudert mit ihm, sie nimmt mit

Vergnügen die Komplimente über die geschickten Hände der Jungverheirateten entgegen, die, obwohl sie aus guter Familie kommt und eine richtige Dame ist, phantastische Kroketten macht und einen Eintopf zubereitet, nach dem man sich die Finger leckt.

Später erkalten die Beziehungen allmählich. Eva weiß, wie man Beziehungen erkalten läßt. Sie geht noch immer mit seiner Frau einkaufen, aber ihn ruft sie nicht mehr an, noch lädt sie ihn ein; das neue Haus besucht Ort mehrmals während der Bauarbeiten, aber als es fertig ist, vergeht eine gewisse Zeit, bevor Eva sie beide einlädt, die Frau und ihn, und ihnen die Zimmer zeigt und ihnen eine nach der anderen die Türen öffnet, aber nicht die des Hauses, denn sie bittet sie nicht zum Essen, sondern zum Kaffee am Nachmittag, und sie läßt sie im Salon Platz nehmen, und das Dienstmädchen trägt auf, und Eva und das Dienstmädchen wachen sorgfältig über das kleinste Detail, alles exquisit, alles im rechten Maß, wie um klarzustellen, daß in diesem Haus nichts mehr ist wie es war. Sie zögert nicht, sich ans Klavier zu setzen und irgendein Stück zu spielen, in der Erwartung, daß sie gähnen; der Abschied zieht sich bis zur Stunde des Abendessens hin, aber Eva bittet sie nicht zu bleiben und macht ihnen auf diese Weise deutlich, daß man zu einem bestimmten Zweck in dieses Haus kommt: zum Abendessen, zum Kaffee, zum Mittagessen; das heißt, ausschließlich zu dem Zweck, zu dem man eingeladen wurde.

Und doch wird es nicht Eva sein, die Orts Mangel auf den Begriff bringt, obwohl es seltsam erscheint. Elena wird es tun, Monate später, als die Anrufe Evas bei der Frau meines Partners nur noch sporadisch sind, wenn auch so herzlich wie immer. »Meine Liebe, wir haben uns ewig lange nicht gesehen. Morgen nachmittag. In Callao. Wo du willst. Ja, da, am Capitol, wie in den alten Zeiten.« Und plötzlich bedeuten die alten Zeiten nur die Feststellung, daß dies bereits andere Zeiten sind, mit einer anderen Form des Umgangs und einer anderen Beziehung.

Weder Ort noch ich wollen es wissen. Wir denken, das sind Frauenangelegenheiten, oder wir denken überhaupt nichts. Ich für meinen Teil glaube nicht, daß er es sieht, daß er sieht, wie wir uns voneinander entfernen. Wir beide lachen wie immer, wir reden über die Beine der Frauen, die auf dem Bürgersteig gehen, während wir im Autobus durch Madrid fahren: durch die Calle Goya, Serrano, Alcalá. Ort hat angefangen, sich mehr dem Import zu widmen, obwohl er nach wie vor wie ein Verrückter baut, aber allmählich trennen wir die Unternehmen, meine und seine. Ich schreibe, daß wir es nicht wissen, aber etwas müssen wir doch spüren, wenn jeder versucht, mehr für sich zu arbeiten.

Eines Nachmittags bemerke ich ihm gegenüber, ich sei mit Elena zum Abendessen verabredet, und er schlägt mir vor, mich zu begleiten. Er wird eine seiner Puppen mitbringen. Wir essen in einem

Restaurant an der Cuesta de las Perdices, und danach begeben wir uns zum Chalet. Wir haben zuviel getrunken, und obwohl Elena mir während des Abendessens gereizt vorgekommen ist, scheint alles harmonisch abzulaufen, bis im Chalet das Gelächter, die Scherze beginnen und Ort, die Puppe und ich uns plötzlich halbnackt im Salon wiederfinden. Ort nähert sich Elena, die sich von der Gruppe entfernt hat, und fordert sie auf, mitzumachen. Aber Elena steht auf und geht ins Badezimmer. Ich gehe ihr nach. Sie sitzt auf dem Rand der Badewanne und raucht eine Zigarette. Sie sagt: »Laß uns sofort gehen.« Wir gehen, ohne uns zu verabschieden. Im Salon erklingt Musik, Ort und die Puppe wälzen sich auf dem Teppich. Auf dem Nachhauseweg, im Auto, sagt sie: »Dieser Typ hat keinen Stil.« Sie hat ihn auf den Begriff gebracht.

Sie hat Stil. Ihre Mutter ist die Witwe eines Diplomaten, und ihre Brüder sind Militärs und Geschäftsleute. Ich kenne sie. Wir haben uns bei einigen Anlässen getroffen. Aber auch wenn ich sie nicht kennen würde: Bei ihr erkennt man den Stil an der Art, wie sie die Zigarette anzündet, an der Farbe des Nagellacks, am Schnitt des Jackets und daran, wie sie die Beine übereinanderschlägt. Wir halten am Straßenrand und reden. Sie sagt: »Heute hast du mich wirklich wie eine Dahergelaufene behandelt.« Und ich antworte: »Behandle du mich wie eine Hure. Los. Vögel mich.« Sie tut es. Sie setzt sich auf mich, sie beißt in meine Brustwarzen, sie ohrfeigt mich, sie schlägt mich auf die Hinterbacken. Sie vögelt mich.

Orts Mangel: der Stil. Mangel ist sein Exzeß, der mich anzieht. Eva wird von Orts voluminöser Gegenwart erdrückt, mir erscheinen Evas gesellige Treffen krankhaft. Ihre Freundin Magda, der ewige Dr. Beltrán. Sie gehen zu Konzerten. Zu Ausstellungen. Sie wählen die Bilder aus, die im Haus hängen. Sie verändern alle Augenblicke die Dekoration. Die Frau von Dr. Beltrán sieht zerbrechlich aus, wie eine dürre Pflanze. Sie setzt sich stundenlang in einen Sessel; sie schaut zu, wie sie Klavier spielen und auf eine Leiter steigen, um den Pinazo in den kleinen Salon zu schaffen und an seiner Statt schrille Gemälde aufzuhängen, die nicht aufgehört haben, mich zu schockieren. Ich weiß noch nicht, daß es sich um einen Tharrats und einen Miró handelt. Bei den Zusammenkünften wird oft über diese Bilder gesprochen, und es wird gestritten, weil die einen sie modern und gewagt finden, während andere behaupten, sie seien snobistisch und unpatriotisch.

Eva reist einige Male nach Misent. Ich will sie nicht begleiten, aber man kann auch nicht sagen, daß sie besonders darauf besteht. Die Beziehungen mit der Familie Romeu haben wieder begonnen, und von ihrer zweiten Reise kommt Eva in Begleitung ihrer Mutter zurück. Ich bin zwar stolz darauf, daß Doña Carmen Romeu sieht, was wir ohne sie zustande gebracht haben, aber Zuneigung fühle ich nicht, nur Ressentiment. Nie werde ich von diesem Ressentiment genesen. Ich mag es noch so sehr wollen, noch so viel schreiben – es ist Ressentiment, was diesen Papieren zugrundeliegt, oder nein, ich weiß es nicht, vielleicht der Wunsch nach Erbarmen für uns alle; für sie und auch für mich.

Die Beziehung hat mit der Geburt des Kindes wieder begonnen. Eva und ich haben es nicht für richtig gehalten, daß sie nichts von ihrem Nachkommen wissen, aber uns beiden ist bewußt – auch wenn wir es uns nicht sagen –, daß unser Aufstieg und das neue Haus zwar ›das Nest‹ des Neugeborenen sind, aber auch der Nachweis ihres Irrtums, ihrer mangelnden Voraussicht, die wir ihnen auf diese Weise vor Augen führen. Es ist, als würden wir ihnen sagen, daß Eva die richtige Wahl getroffen hat, als sie mich heiratete, daß sie sich mit ihrem Widerstand geirrt haben. Deshalb haben wir ihnen einen Brief geschrieben und ihnen die Geburt mitgeteilt, auch, daß wir dem Kind den Namen Manuel gegeben haben, zum Andenken an Manolo, Evas Bruder.

Ihre Antwort kommt wenige Tage später. Sie beglückwünschen uns, schicken uns Kleider und Spielzeug für den Jungen, drücken ihren Wunsch aus, ihn kennenzulernen, daß »wir uns bald wieder treffen können«, und sie lassen uns auch wissen, daß Manolo »die Freude der guten Nachricht« nicht teilen konnte, denn »als wir euren Brief bekamen, lag der Arme schon im Koma«. Er ist ein paar Tage später gestorben, ohne das Bewußtsein wiedererlangt zu haben, »obwohl«, so heißt es weiter in dem Brief, »er uns allen und besonders diesem unschuldigen Geschöpf sicher vom Himmel aus seinen Segen erteilen wird«.

An dem Tag, an dem die Sendung kommt, verlasse ich das Haus. Ich suche Ort, ich brauche ihn. Ich muß ihm erzählen, daß Manolo gestorben ist, ihn umarmen, fühlen, daß mir noch etwas von damals bleibt, von dem, was ich gewesen bin, und in dieser Nacht enden wir tatsächlich beide nackt im Chalet mit einem seiner Mädchen, und wir erdrükken sie gemeinsam, und wir vögeln sie, als wollten wir etwas in sie hineinpflanzen. Während wir drei uns auf dem Teppich ineinander verschlingen, fühle ich einmal mehr, daß Orts fehlender Stil kein Mangel ist, sondern Exzeß, und ich weiß, daß dieser Lebensexzeß mir bereits durch die Finger geronnen ist und daß diese Zeremonie eher einem Begräbnis gleicht als einer Aussaat. Wir begraben unsere Körper in einer zerbrechlichen, blassen kleinen Hülle, die bei jedem Stoß wie ein Neugeborenes wimmert und mit demselben unschuldigen Ton in der Stimme Wünsche äußert, die aus dem Mund einer Besessenen kommen.

Dort drinnen bleiben unsere Träume, und ich glaube, wir beide wissen es. Ich zumindest weiß es: wir werden uns nur noch flüchtig sehen. Aus der Ferne. Ort und ich gehen verschiedene Wege. Manchmal begegne ich ihm nach einem Fußballspiel, und dann suchen wir eine Bar, wo wir ein Bier trinken und sagen: »Vielleicht können wir uns ja demnächst mal mit mehr Ruhe sehen.« Aber wir verabreden uns nicht. Jetzt denke ich: Ort paßt nicht in Evas Salon, weil er sich zu sehr zeigt, er versteckt sich nicht hinter einem Klavier und sucht auch keinen Schutz hinter einem Gemälde mit teurer Signatur. Er zeigt sich, wie er ist, und das gilt nicht in diesem Kreis. Ich sehe ihn. Ich sehe ihn vor mir. Es ist merkwürdig, Elenas Körper, der mich verrückt gemacht hat, vermag ich nicht zu sehen, wohl aber den von Ort: die Manschetten seiner Hemden, seine auffälligen Manschettenknöpfe, die riesigen Hände, die die Schenkel der Puppe auseinanderbiegen.

Ein Klopfen auf die Schulter. Eine höfliche Umarmung. »Vielleicht können wir uns demnächst mal länger sehen.« Dieses Mal kam nie. Nicht einmal bei der Totenwache konnte ich länger als ein paar Minuten bleiben. »Gib mir einen Kuß, Rosa (zu seiner Frau). Du weißt, wie sehr wir uns gemocht haben.« Als ich ›haben‹ sagte, wußte ich, daß ich ihn verriet. Da lag er, korpulent, im Innern des rot ausgeschlagenen Sarges, und ich konnte mich nicht gegen den Gedanken wehren, daß er bald beginnen würde, seinen Lebensexzeß, seinen Mangel an Stil an die Erde weiterzugeben.

Die Erinnerung kehrt zurück wie ein Feind, den man nie besiegt. Ich akzeptierte nicht, daß dieses Haus, das ich als vorübergehenden Wohnsitz und als Investition in eine Immobilie gedacht hatte, sich in das endgültige Heim verwandelte. Ich wollte, daß die Familie in Misent lebte. Ich sah mich in Madrid, wo ich meinen Geschäften nachging und meine heimliche Beziehung mit Elena pflegte; und Eva und die Kinder geschützt an einem von mir ausgewählten Ort am Meer, in einem Haus, das ich in freien Augenblicken bereits zu entwerfen begonnen hatte. Am Anfang ließ Eva mir gegenüber keinen Zweifel daran, daß sie meine Begeisterung über das Vorhaben teilte, aber ich glaube, als ihr klar zu werden begann, daß es tatsächlich möglich war, nachdem wir uns mit ihrer Familie ausgesöhnt hatten, verlor sie ihr Interesse.

Sie hatte sich an die Freiheit gewöhnt, die Madrid ihr bot, an einen Kreis von Freunden, der sich wie ein Ölfleck um uns herum ausbreitete, und die Einsamkeit von Punta Negra muß ihr eher wie ein Gefängnis als wie ein Refugium erschienen sein. Ich merkte es nicht. Wir hatten so viele Male über das Vorhaben gesprochen, daß mir der Gedanke, sie könnte nicht mehr dieselbe sein, gar nicht durch den Kopf ging.

Ich beschränkte mich darauf, ihr Desinteresse als Furcht zu interpretieren. Ich glaubte, es sei die Angst, in das geschlossene familiäre Milieu zurückzukehren, vor dem wir geflohen waren. Jetzt, in der Erinnerung, was für eine Klarheit. Das Haus in Misent mit seinem verlassenen Garten kommt mir wie ein ironischer Zeuge meiner Irrtümer vor. Eva und Julia sind nicht mehr da; Roberto kam später und hat diese glücklichen Jahre nicht erlebt; Manuel habe ich nicht mehr: Es ist, als existierte er nicht. Bisweilen ordne ich die Fotografien, auf denen er erscheint, und folge dabei einem chronologischen Schema: Fotos, auf denen er nackt auf einem Kissen posiert und mit Augen rund wie zwei Glaskugeln in die Kamera schaut; Fotos, auf denen er im Matrosenanzug auf einem Pferd aus Pappe reitet, und andere, auf denen er, fast immer schon mit Julia an seiner Seite, am Strand von Misent spielt. Das Foto mit dem Segelboot, die Fotos von der Ersten Kommunion.

Dann werden die fotografischen Zeugnisse seltener, seine Gesichtszüge zeigen erhebliche Veränderungen von einer Momentaufnahme zur anderen, ich habe den Eindruck, daß sie sich in dieser Aufeinanderfolge mehr und mehr von meinen entfernen, und ich schwanke innerlich zwischen dem Verdacht, daß seine Ähnlichkeit mit mir in der fernen Kindheit nur eine Einbildung war, und der Angst, daß ich mich nach so vielen Wechselfällen, vor allem nach jener traurigen Auseinandersetzung in der Klinik, auf die er sich in seinem Heft bezieht, unbewußt darauf versteift habe, die Unterschiede in den Vordergrund zu stellen oder Unterschiede zu sehen, die nur in der Verständnislosigkeit und im Ressentiment existieren.

»Schäbig bis zum Schluß«, schrieb Manuel über

mich an jenem Nachmittag in sein Heft und faßte damit den Streit zusammen, den wir ausgetragen hatten, als ich dagegen protestierte, daß man das Klinikzimmer durch all die Besuche – immer mit dem heimlichen Einverständnis von Dr. Beltrán – in einen Salon verwandelt hatte. Dieser Satz war wie das Negativ der Hoffnung, die mit seiner Geburt aufgekeimt war, denn Manuels Geburt brachte Ordnung in unser Leben und schloß einen Großteil der Wunden der Erinnerungen, so oberflächlich die Aussöhnungen mit meiner und mit Evas Familie, die sie herbeiführte, auch sein mochten. Immerhin gingen sie weit genug, um unser Fortkommen zu sichern. Während das Haus in Misent in die Höhe wuchs und sein innerer Raum durch Trennwände Gestalt annahm, dachte ich bisweilen, daß Manolo, Evas Bruder, weiter seinen wohltuenden Einfluß ausübte durch das Kind, das seinen Namen trug.

Ich habe das Haus meiner Eltern wieder betreten, obwohl mein Vater mir immer als erstes das Kind abnahm und, wenn er mit mir sprach, den Blick fest auf seinen Enkel gerichtet hielt. Nie sagte er zu mir: »Komm zum Essen zu uns.« Er sagte: »Bring das Kind zum Essen her.« Und ich setzte mich als Begleiter an den Tisch und begriff, daß es sein Stolz war, der uns daran hinderte, miteinander zu sprechen.

Auch mit meinen Schwiegereltern konnten wir den Frieden nicht ganz besiegeln. Während meine Schwiegermutter, die versöhnlicher gestimmt war, mich seit ihrer ersten Reise nach Madrid ›mein Sohn‹ nannte, blieb mein Schwiegervater bei dem verächtlichen Du, an das ich mich gewöhnt hatte in der Zeit, in der ich für ihn tätig gewesen war, und bei Tisch zögerte er nicht, sich als erster zu bedienen und mit dem Essen anzufangen, bevor die Suppe auf meinen Teller gelangt war, als wollte er damit klarstellen, daß ich nach wie vor Teil des Personals war, obwohl zu jener Zeit schon ich und nicht er Eigentümer der Reederei Romeu, der Reparaturwerkstatt Romeu und des Juweliergeschäfts Romeu war und ihnen eine Pension zukommen ließ, die als Ratenzahlung für den Erwerb seines Operationsgebietes getarnt war, denn sie waren völlig ruiniert.

Er akzeptierte nie, daß ich als seinesgleichen Einzug in das Haus hielt, er wollte nicht wahrhaben, daß ich Willenskraft genug besaß, um wie sie zu werden oder es sogar weiter als sie zu bringen. Es ist nicht verwunderlich, denn im Grunde dachte Don Vicente Romeu genau wie mein Vater. Für beide war ich weiter nichts als ein Opportunist mit geringen Skrupeln. Für meinen Vater lag der Opportunismus im Verrat und für Don Vicente Romeu im unberechtigten Eindringen in seine Welt.

Wenn Manolo nicht gewesen wäre oder besser gesagt seine Krankheit, dann wäre ich nie mehr gewesen als der frisch aus der Armee entlassene

Junge, der dem Buchhalter, einem republikanischen Grundschullehrer, den Don Vicente aus dem Gefängnis geholt hatte und dessen Sohn die Familie Romeu mit kleinen Aufträgen betraute, die Blechdose mit dem Essen brachte. Aber Manolo wurde aufmerksam auf mich, ließ mich die Post expedieren und erlaubte mir, ihm bei der Überprüfung einiger Bestellungen zu helfen. Er brachte mir eine Sympathie entgegen, die wuchs, je schlimmer seine Krankheit wurde, die ihn zuerst in einen Rollstuhl zwang und ihn dann in seinen besten Jahren dahinraffte.

Die Krankheit ließ meine Beziehungen zur Familie enger werden, da Manolo mich immer öfter in sein Büro rief; dort half ich ihm bei der Arbeit, und wenn die Aufgaben des Nachmittags erledigt waren, bat er mich zu bleiben und Domino oder Dame mit ihm zu spielen oder ihm die Zeitungen und Bücher vorzulesen, die er bereits nur noch unter Schwierigkeiten in der Hand halten konnte. Manchmal nahmen Eva und Doña Carmen an unseren Mußestunden teil, und an den Nachmittagen, an denen wir allein waren, weil die Frauen einkaufen oder ins Kino gegangen waren, ließ Manolo mich vor ihm auf und ab gehen und an seinen Stuhl herantreten, und dann berührte er die Muskeln meiner Arme und Beine und sagte zu mir: »Carlos, wie ich dich um deine Kraft und um deine Gesundheit beneide.«

Ich empfand Zuneigung für ihn. Ich glaube nicht, daß jemand behaupten kann, meine Aufmerksamkeiten seien nur Ergebnis eines Kalküls gewesen, so sehr die Not uns auch alle zwang, uns nach einer Zukunftschance umzusehen. Manolo war der einzige Komplize, den Eva und ich in unserer Beziehung hatten. »Du könntest keinen Besseren finden, um deine Geschäfte zu führen«, sagte er zu seinem Vater. Der aber antwortete ihm, einstweilen wolle er nur einen Schwiegersohn, den Geschäftsmann werde er schon auf dem Markt finden.

Don Vicente sprach mit meinem Vater, er erzählte ihm, ich hätte nichts geringeres im Sinn als seine Tochter zu heiraten, und mein Vater hörte auf, mit mir zu sprechen. Ganz Misent war vom gleichen Übel infiziert. Ich sah die verstohlenen Blicke, das spöttische Lächeln, wenn ich Manolos Auto nahm, um zum Postamt zu fahren, den Steinbruch zu besuchen oder die Schecks bei der Bank einzuliefern; um ihn aus seinen vier Wänden herauszuholen und mit ihm eine Spazierfahrt irgendwohin an die Küste zu machen. Er hatte es gern, wenn ich ihm vorlas, während er dem Rauschen des Meeres zuhörte. Ich war sein Freund, und ich hatte mich in seine Schwester Eva verliebt. Was war schlimm daran?

Man konnte mir nicht einmal vorwerfen, ich hätte mit meinen Bemühungen den Aufstieg in eine höhere soziale Position gesucht. Habe ich ihn nicht später, in Madrid, ohne seine oder irgendeine andere Hilfe mit eigenen Mitteln gesucht? Oder sollte ich ein Leben lang die Mischung aus Ressentiment und Schäbigkeit ertragen, die der

Krieg meinem Vater hinterlassen hatte und die er meine Mutter mit ihm zu teilen zwang? Seine Niederlage mußte nicht zwangsläufig meine sein, und wenn der Haß nicht so sehr ihren Blick verengt hätte, wären sie imstande gewesen zu erkennen, daß ich ihnen eine Wiedergutmachung anbot. Ich wollte nicht wie auf der Flucht durch die Straßen von Misent eilen oder stundenlang mit dem Kopf in den Händen und bei gelöschtem Licht dasitzen, wie mein Vater es tat.

Jetzt sind sie mitsamt ihrer Blindheit hier eingeschlossen, in den Schubladen der Anrichte, vergilbt und stumm, mit ihren Schleiern und Meßbüchern, ihren Blumensträußen, ihren unsteten oder stolzen oder verlorenen Blicken. Das Haus meiner Eltern mit dem hochgezogenen hölzernen Rolladen und auch das Haus der anderen Familie, der Salon mit den Zimmerpalmen und der Sessel mit dem Körper Manolos, der von der Krankheit verzehrt war, sie existieren nur noch auf den alten Fotografien in der Schublade. Das gleiche gilt für Eva. Und auch für einige von denen, die später kamen: meine arme Julia, deren Frist schon abgelaufen ist, so früh. Es gibt noch Manuel, Roberto und mich, die wir noch innerhalb und außerhalb der Schublade leben, wobei das Leben draußen prekärer ist als das in ihrem Innern. Zuweilen, wenn ich all diese Fotografien anschaue, kommt mir der Gedanke, daß sie darauf warten, daß unsere Bewegungen aufhören, damit sie als einzige Wahrheit übrigbleiben.

Meine arme Julia, mein armer Manuel. Vielleicht hatte ich Angst, ihnen die absurden Ahnungen zu vermitteln, in denen ich lebte, und deshalb ist ihnen am Ende ich weiß nicht ob der Stolz oder die Arglosigkeit erhalten geblieben, die ich nie kennengelernt habe. Noch heute erinnere ich mich daran, wie ich Manolo Gedichte vorlas an dieser Stelle der Küste, wo das Meer die Kieselsteine rollen läßt und das Haus steht, in dem ich meine Träume darstellen wollte. Manolo sagte zu mir: »Carlos, du wirst noch lernen, daß die Poesie notwendig ist, weil sie dich in einem höheren Bereich leben läßt, in dem reinen Raum, in dem die Träume und die Ideen entstehen.« Heute denke ich, daß es ein grausamer Raum ist, der nur denjenigen offensteht, die in ihrer Jugend keine Verantwortung gekannt haben.

Denn wie sollte ich jenen vierten November vergessen, an dem mein Vater früher als sonst im Unternehmen Romeu erschien, um Don Vicente zu beweisen, daß auch er nicht gedachte, an unserer Hochzeit teilzunehmen? Von Evas Familie kam niemand in die Kirche. Manolo bestand darauf, uns zu begleiten, aber wir konnten ihn nicht mehr in den Wagen bekommen, und er blieb zurück, in einen Cut gekleidet, der ihm zu groß geworden war, und mit ungeknüpftem Band. Er steckte mir heimlich fünfzehntausend Peseten zu, um uns beim Anfang unseres neuen Lebens zu helfen, das beginnen würde, sobald die obligatorische Hochzeitszeremonie beendet wäre, die in Misent stattfand, in der Pfarrkirche Asunción, weil der Familie eine Hochzeit im Morgengrauen, in einer leeren Kirche, weniger schändlich erschien als eine Flucht nach Madrid ohne öffentliche Beurkundung, daß wir unsere Verbindung legalisiert hatten. Meine Mutter erwartete uns am Portal der Kirche und überreichte Eva einen Blumenstrauß, von dem ich nicht weiß, wo sie ihn in dieser Jahreszeit aufgetrieben hatte.

Erinnerungen, Momente. Der Wind bewegte die Straßenlaternen, und eine unangenehme Brise trug die Feuchtigkeit des Meeres zu uns. Als der Zug die Bucht von Altea erreichte, hatte es zu regnen begonnen, und man sah kaum den Umriß des Felsens von Ifach zwischen den Nebelfetzen. Wir besaßen die fünfzehntausend Peseten, die Manolo uns gegeben hatte, und das bißchen, das wir selbst hatten aufbringen können: wenig Geld, um ein Leben zu beginnen, von dem wir nicht wußten, wohin es uns führen würde, ein Kapital, das sich außerdem am Schalter des Bahnhofs in Misent zu verflüchtigen begann und weiter an dem in Alicante und in der Bäckerei und dem Lebensmittelgeschäft zusammenschmolz, in denen wir unseren Proviant erstanden. Jede Pesete, die wir ausgaben, verkürzte unsere Frist. Eva besaß außerdem ihre gute Erziehung, ihren guten Geschmack, ihre gute Kleidung und einigen Schmuck. Ich meine Jugend und die Wunde des Ressentiments.

Der unangenehme Wind, der Geruch nach Kohle. Im Morgengrauen, als der Zug in Chinchilla hielt, sah ich, daß die Fensterscheiben innen zugefroren waren. Zu dieser Zeit hatte die letzte Geste, die ich für Manolo gehabt hatte, schon begonnen, mich zu schmerzen. Ich hätte gern den Zug zurück genommen, um sie wieder gutzumachen. »Ich werde dich nicht wiedersehen«, hatte er mir über das schlecht geknüpfte Band seines Cuts hinweg gesagt und mir durch ein Zeichen bedeutet, ich solle Eva bitten, sie möge uns allein lassen, aber mir war nicht danach zumute, und ich tat, als verstünde ich die Geste nicht. Daraufhin ergriff er heftig meine Hand und drückte sie zwischen den seinen; ich entzog sie ihm mit einer gewissen Schroffheit, um mich von ihm zu trennen, und er sah mich erstaunt mit großen Augen an. »Carlos«, sagte er mit Bitterkeit in der Stimme. Ich sagte ihm auf Wiedersehen von der Tür her.

Oft, wenn ich in der Badewanne liege, beobachte ich Ramón, wie er nach den Flaschen mit Gel oder Parfüm greift, wie er mir den Kopf mit Shampoo einseift, wie er den Arm nach dem Handtuch ausstreckt; ich bewundere seine Beweglichkeit, seine Robustheit, und versuche, die Gefühle nachzuempfinden, die Manolo vor mir, dem damals starken und ehrgeizigen jungen Mann, empfunden haben muß. Ich vergleiche Ramóns straffe Muskeln mit meinem verfallenen Körper, und ich möchte ihn nur zu gern bitten, er möge mir ein wenig von seiner Kraft überlassen, und während ich ihn betrachte, geht mir die Idee einer großen Ungerechtigkeit nicht aus dem Kopf: Es ist, als würde seine Kraft auf Kosten der meinen wachsen, und dann überfällt mich die Erinnerung daran, wie ich mich, je mehr Manolo sich in seine Sesselecke zurückzog, auf seine Stühle setzte, seinen Platz am Schreibtisch im Büro einnahm, das Steuer seines Autos mit den Händen umfaßte, die Bücher las, die er nicht mehr in den Händen halten konnte, und Jahre später an dem Ort, den er mir als den schönsten gezeigt hatte, mein Haus errichtete.

Nie war mir der Gedanke durch den Kopf gegangen, daß Elena mich eines Tages verlassen könnte. Ich reiste ins Ausland, und sie begleitete mich oft. In Madrid sahen wir uns gewöhnlich in einer Wohnung, die ich in einer ruhigen Ecke in der Nähe der Calle Cea Bermúdez in einer wenig bewohnten Straße mit neuen Häusern gekauft hatte, auf deren Bürgersteigen kaum Fußgänger zu sehen waren, ein idealer Ort für eine außereheliche Beziehung.

Es geschah in Nizza. Ich kam gerade von einer Sitzung mit führenden Vertretern eines französischen Bauunternehmens, das daran interessiert war, Grundstücke in der Nähe des Madrider Bernabeu-Stadions zu erwerben, und eine vertrauenswürdige Mittelsperson suchte. Elena hatte den Nachmittag mit Einkäufen in der Stadt verbracht, und als ich ins Hotelzimmer zurückkehrte, lag sie auf dem Bett, umgeben von einem halben Dutzend

Zeitschriften. Ich erinnere mich an ihre rosigen Füße, ihr offenes Haar, das auf den perlgrauen Morgenmantel fiel. Sie wollte sich nicht zum Abendessen anziehen, und wir bestellten einen kleinen Imbiß aufs Zimmer. Sie sagte es aus heiterem Himmel: »Carlos, wir müssen unsere Beziehung beenden.« Ich schenkte ihr keine besondere Beachtung. Meine Aufmerksamkeit galt eher der Flasche Graves, dem Lachs und den pochierten Eiern als ihren Worten.

»Ich verlasse dich, Carlos«, insistierte sie, als wir das Licht bereits gelöscht hatten. »Ich will eine Chance haben, eine Familie, genau wie du. Ich werde heiraten, weißt du? Und so etwas muß man von Anfang an gut anpacken.« Ich führte mich wie ein Idiot auf. Die Bestürzung vernebelte meinen Verstand. Ich schlief mit ihr, und als es vorbei war, dachte ich, nun sei alles geregelt. Ich glaubte, ich brauchte nichts weiter zu tun, als ihr zu beweisen, daß ich sie noch immer mit meinem Geschlecht verführen konnte: die Unerfahrenheit, die Jugend. Ich begriff noch nicht, welches Kalkül und welche Disziplin eine Frau entwickeln kann, wenn sie einen Traum hat.

Sie kam aus dem Badezimmer zurück, eingehüllt in ein Handtuch. Ich sagte zu ihr: »Du wirst mich nie verlassen können«, und sie brach in Lachen aus. »Meine arme Hure«, sagte sie zu mir, während sie mir zärtlich mit der Hand über das Gesicht strich, »du hast ja keine Ahnung von den Dingen.« Ich versicherte ihr, ich könnte mich noch von Eva trennen, obwohl ich wußte, daß es nicht so war, und schon gar nicht zu jener Zeit, als sie bereits mit Julia schwanger war. Und sie wußte es auch. »Es macht dir nichts aus, zu betrügen, wenn du nur an der Futterkrippe bleibst«, sagte sie spöttisch. Ich hatte Lust, sie zu ohrfeigen, aber statt dessen begann ich mich anzukleiden. Jetzt fand ich es nicht mehr lustig, daß sie mich mit dieser sanften Stimme, die nach ironischem Mitleid klang, ›Hure‹ nannte. Ich ging türschlagend hinaus und streifte stundenlang durch die Stadt. Als ich im Morgengrauen zurückkehrte, schlief sie, und es erfüllte mich mit Wut, als ich sie so gleichmütig schlafen sah. Ich hatte geglaubt, sie zu besitzen, und sie war es gewesen, die mich besessen hatte. Die Wut war nichts weiter als Angst.

Am nächsten Morgen begleitete ich sie zum Flughafen, obwohl ich nicht dasselbe Flugzeug nehmen wollte wie sie. Ich annullierte meinen Flug und blieb einen Tag länger in Nizza; an diesem Tag kaufte ich Eva die Halskette aus Platin, und für die Rückkehr nach Spanien mietete ich einen Wagen, mit dem ich direkt nach Misent fuhr. Dort, in einer Baumschule, die vor einiger Zeit zugemacht hat, kaufte ich das halbe Dutzend Palmen, die den Garten in Punta Negra schmücken. Ich blieb eine Woche und beaufsichtigte die Bauarbeiten am Haus, und bevor ich nach Madrid zurückkehrte, wohnte ich der Umsetzung der Palmen bei: als ich sie dort sah, mit ihren Palmwedeln, die sich am Meeresufer bewegten, wie ein

Orientierungspunkt, der an der Küste in die Höhe ragte, erschienen sie mir wie ein Gegengift gegen die Angst, die mich in Nizza angefallen hatte, als ich Elena schlafend und gleichgültig sah, während mich die Verzweiflung angesichts des Unwiderruflichen verzehrte. Oft habe ich gedacht, daß die Beunruhigung, die von jenem Bild Elenas ausging, die gleiche war, wie sie die Stadt Madrid immer in mir ausgelöst hat: die einer unsicheren Geliebten, auf die man nie stolz sein kann, weil man sich der Gefahr aussetzt, von ihr der Lächerlichkeit preisgegeben zu werden.

Elena und ich haben nicht mehr miteinander geschlafen, und ich habe mich immer gefragt, warum es so war. Ich begehre sie nach wie vor, oder vielleicht begehre ich nur die verlorene Jugend. Wahrscheinlich waren wir beide zu stolz, und sie konnte mich um nichts mehr bitten, so wie ich sie nicht mehr darum bitten konnte. Eines Nachmittags, als ich allein in die Wohnung zurückkehrte, entdeckte ich, daß sie die wenigen Habseligkeiten mitgenommen hatte, die sie dort bewahrte, und daß sie die Schlüssel auf dem kleinen Möbel in der Diele gelassen hatte. Danach trafen wir uns jahrelang zufällig auf der Straße, bei Festen oder nach irgendeiner Veranstaltung. Nie wieder haben wir uns gegrüßt, denn offiziell kannten wir uns nicht. Ich frage mich zuweilen, ob sie wohl noch lebt; wenn ja, dann weiß ich nicht, ob ich sie gerne wiedersehen würde: Es darf nicht sein, daß sich auch dieses Gespenst, das mich oft besucht, in Nichts auflöst. Obwohl ich andere Male denke, daß das Alter uns nicht nur mit Verständnis für unsere äußere Erscheinung erfüllt, sondern uns auch dazu bringt, die der anderen zu akzeptieren, weil es uns dazu erzieht, mit dem Verfall zu leben. So betrachtet, wird Elena mir vielleicht noch immer schön und begehrenswert erscheinen, und ihr in Begleitung ihres Ehemanns zu begegnen, würde in mir den schmerzhaften Stachel der Eifersucht beleben. Ich muß zugeben, daß ich vor Jahren, bei jedem zufälligen Treffen mit ihrem Ehemann, meine Neugier nicht zu zügeln vermochte und mich fragte, ob jener Mann wohl imstande gewesen war, ihren Abgrund an Begehren zu füllen.

Julia kam in Madrid zur Welt, denn es fehlten noch die letzten Feinarbeiten am Haus in Misent; ich glaube, ihre Ankunft war entscheidend dafür, daß auch Eva es kaum erwarten konnte, sich an der Küste niederzulassen, abermals von der Freude erfüllt, die wir solange miteinander geteilt hatten. Wenn mir auch heute, nach all diesen Jahren, bisweilen der Gedanke kommt, ob diese Entscheidung nicht von irgendeinem Mißverständnis mit Dr. Beltrán genährt wurde: Aus jener Zeit stammt das Porträt mit der Halskette aus Platin, das in dem Flur hängt, der mein Arbeitszimmer vom Salon trennt, und das von Bello signiert ist, einem kürzlich verstorbenen Freund Beltráns, dessen Bilder jetzt sehr hoch gehandelt und in aller Welt ausgestellt werden und von dem ich auch ein Seestück besitze.

Wenn ich meine Erinnerungen ordne, sehe ich die beiden (Beltrán und Bello) und neben ihnen Eva in einem Schaukelstuhl, wie sie für das Porträt sitzt; dann sehe ich Beltrán nicht mehr: nur die Herbstsonne, die durch die Fensterscheiben des Pavillons hereinflutet, und Eva mit Bello, der die Pinsel handhabt; und mit diesem Bild verbinden sich die Worte Evas, die mir sagt, es wäre wunderbar, wenn Julia in Misent zur Welt käme, und ich fahre oft hin, um letzte Hand an den Bau zu legen, ein Moment, der wahrscheinlich der schönste meines Ehelebens ist.

Wir haben das Glück der Familie (selbst Elenas Schatten hat sich in jenen Monaten verflüchtigt), die Genugtuung des Geldes, das uns wunderbarerweise nach wie vor durch die neuen Bauprojekte im Norden Madrids zufließt, und den Stolz, nach Misent zurückkehren zu können, das wir fast heimlich an einem häßlichen Novembermorgen verlassen haben.

Das Meer bringt an stürmischen Tagen die Kieselsteine am Ufer ins Rollen und läßt mich an Manolos Worte denken. Auf meine Art glaube auch ich zu jener Zeit, daß die Poesie notwendig ist, weil sie einen höheren Bereich eröffnet. Ich glaube es, während ich die Bauarbeiten leite, während ich gemeinsam mit Eva die Möbel in Auftrag gebe, während ich auf die Terrasse trete und die Bougainvillea betrachte, die begonnen hat, die Wand hochzuklettern, und in der Abenddämmerung den Schattenriß der Boote auf der Linie des Horizonts sehe.

Es ist, als wäre die Musik, die Eva hört, nur für uns geschaffen worden, und ich vergesse den Namen dessen, der ihr die Schallplatten schenkt: so wie die Bewohner von Misent den Namen eines ehrgeizigen jungen Mannes vergessen haben, der das Auto eines Gelähmten fuhr, während er sich anschickte, dessen Schwester zu verführen. Es gibt keine ironischen Blicke mehr, wenn ich über die Avenida del Generalísimo fahre und meinen Wagen unter den Platanen parke, neben den Tischen der Cafés. Geld erzeugt Bewunderung, erzeugt Respekt.

Ich fühle mein inneres Gleichgewicht, sogar die sinnliche Leidenschaft scheint sich zu verflüchtigen, als sei sie nur der Alptraum von jemandem gewesen, der noch nicht zu sich selbst gefunden hatte und sich vergeblich im Spalt eines Abgrunds, einer Höhle ohne Ausgang suchte, in der er erstickt wäre, wenn er nicht rechtzeitig hätte entkommen können.

Ich kämpfe für das Meine.

Als wir zum erstenmal meine Schwiegereltern im Auto mitnehmen, damit sie das neue Haus besichtigen können, setzen sich beide auf die Rücksitze, wo es doch naheliegend gewesen wäre, daß Eva und ihre Mutter diese Plätze eingenommen hätten und mein Schwiegervater sich neben mich gesetzt hätte. Beim nächsten Mal bin ich allein, und mein Schwiegervater versucht, sich nach hinten zu setzen, neben seine Frau, aber ich stelle mich zwischen ihn und die Wagentür und versperre ihm den Weg. »Ich arbeite schon lange nicht mehr als Chauffeur für irgend jemanden«, sage ich zu ihm, und er hebt den Kopf, als wollte er etwas erwidern, und dann senkt er ihn wieder und setzt sich neben mich, und so überqueren wir die Avenida del Generalísimo, und ich halte den Wagen vor der Bäckerei an und steige aus, um Kuchen zu kaufen, und er bleibt dort eine gute Weile, in meinem Wagen, vor den runden Marmortischen, die am Sonntagmorgen voll Publikum sind, und dort drinnen erträgt er die Grüße seiner Bekannten. Ich lasse mir absichtlich Zeit. Ich plaudere mit jemandem, ich neige mich zu Leuten an einem dieser Tische herunter. Ich gebe ihm zu verstehen, daß der Stolz ein Spiel ist, das ich ihm innerhalb des Hauses gestatte. Eine Gefälligkeit.

Mein Vater kommt nie in das Haus an der Punta Negra. Ich weiß, daß er es hat wachsen sehen, daß er die Bauarbeiten aus der Ferne verfolgt hat, so sehr er auch die Route seiner Abendspaziergänge verändert hat, um nicht an dem Bau vorbeigehen zu müssen. Die Existenz des Hauses tut seinen Augen weh, wie das Licht des Eßzimmers ihm wehtat, als er in der Zeit unmittelbar nach dem Krieg meine Mutter bat, es zu löschen, und sich im Dunkeln in einen Winkel setzte. Er ist nicht fähig, es als eine Wiedergutmachung zu sehen, für ihn ist es eine Fortsetzung seiner Niederlage, die sich jetzt in Schande verwandelt hat. Mir tut die Taubheit weh, die er seiner Halsstarrigkeit verdankt.

Meine Mutter kommt ab und zu. Sie kümmert

sich um Manuel, um Julia, die ihren Namen trägt, obwohl mein Vater am Tag der Taufe sagte »ein Name ändert nichts«. Es gibt eine Normalität, auf deren Schienen unser Leben mehr und mehr zu verlaufen scheint. Die Kinder wachsen, der Garten gedeiht. Ich habe eine Leica gekauft und mache Fotos von ihnen. Einen Teil dieser Fotos kann ich noch betrachten: der nahe Strand, bedeckt von Algen, die in der Abenddämmerung von den Fuhrwerken fortgekarrt wurden, das Ausflugslokal, das mir den Geruch nach gebratenem Fisch zurückbringt, die Hängematte, in der Eva sich mit einem Buch in den Händen ausstreckt, die Schaukel, das Segelboot, das Manuel in Händen hält und das mein Vater geschnitzt hat, um es ihm zu einem Geburtstag zu schenken, an dem er ebenfalls nicht bei uns essen wollte.

Und als besäße nur der Schmerz Erinnerungsvermögen, ist da ein Nebel, der die Zeit in der Erinnerung stillstehen läßt, als wären zehn Jahre nichts als ein Augenblick, eine Momentaufnahme. Die Zeit läuft nur weiter bei meinen ständigen Fahrten nach Madrid, im Wachstum des Wohnblocks, den ich in La Corea fertigstelle, bei den häufigen Reisen ins Ausland, denen sich meine neue Begleiterin Isabel anschließt, bei den Drinks im Pasapoga mit den Kunden und bei den spätnächtlichen Abendessen im Norden Madrids, wo ich Flamenco höre und zu denen mich Isabel bisweilen auf mein Bitten hin begleitet, während ich andere Male Begleiterinnen für eine Nacht suche.

Einige Jahre lang bleibt dieses Haus praktisch zugesperrt, und Eva kommt nur für die saisonbedingten Einkäufe nach Madrid, um zum Schneider, zu einigen Premieren zu gehen. Ein paarmal im Jahr öffnen wir wieder die Türen, um ein Fest zu veranstalten, zu dem meine Geschäftspartner kommen, um sich mit Evas alten Freunden zu vermischen. So teilen wir ihnen gewissermaßen mit, daß wir noch existieren.

Isabel, meine neue Begleiterin, ist nicht Elena und ist ihr auch nicht ähnlich. Ihre Unterwerfung ist von anderer Art. Es fehlt die Gleichheit des Begehrens: genauer gesagt, ich begehre sie heftig (ihre Jugend, ihre glatte Haut, das feuchte, blonde Büschel zwischen ihren Beinen), und was sie begehrt, geht über mein Geschlecht hinaus: die etwas kitschigen Möbel, mit denen ich ihr die Wohnung eingerichtet habe in dem Versuch, Elenas Spuren zu löschen, die Parfüms, die Kleidung, das Leben unter reifen Männern, die sich souverän in der Nacht bewegen, die Restaurants, die Begrüßungszeremonien. Ich begehre sie, beiße sie, dringe in sie ein und weiß doch trotz der Heftigkeit unserer Begegnungen, daß der Sex mir nunmehr äußerlich ist: er steckt in dem, was mich umgibt, was ich besitze.

Es hat keine Bedeutung. Ich weiß nicht, ob sie auf ihre Kosten kommt oder mir etwas vorspielt, aber ich entdecke allmählich, daß dies ein belangloses Wissen ist, das mein Verhalten nicht im geringsten ändern wird. Ich kann sie gegen die Wand des Badezimmers drängen und in sie eindringen, während sie wimmert, ich kann sie auf allen vieren auf dem Teppich Stellung beziehen lassen und in den Nacken beißen, ich kann sie vor mir niederknien lassen und ihr den Mund mit meinem Schwanz zustopfen. Niemals würde sie auf den Gedanken kommen, mich Hure zu nennen, oder sich auf den Rand der Badewanne setzen, um voll Verachtung eine Zigarette zu rauchen. Ihr Geschlecht ist weder eine Frucht noch ein verletzter Vogel, der mich rührt, wenn ich die Ränder ihrer Wunde vor meinen Lippen auseinanderziehe. Ich habe das Gefühl, daß die Zeit der Überraschung vorbei ist und daß ich selbst der verletzte, zitternde Vogel war.

Ich spüre, daß etwas in mir sich aufgelöst hat, so wie man am Morgen aufsteht und merkt, daß das Fieber verschwunden ist, das einen ein paar Tage schwitzen ließ, und wieder die Gerüche einatmet, die sich verflüchtigt zu haben schienen, und beim Trinken eines Glases Wasser gewahrt, daß der Mund sich nicht mehr so taub anfühlt wie in den Tagen der Krankheit.

Isabel ist nicht notwendig. Selbst wenn sie mich auf Reisen begleitet, kann ich die Nacht nach den geschäftlichen Treffen und Abendessen allein fortsetzen. Ich kann Abenteuer suchen und mit anderen Frauen ein paar Stunden in einem Zimmer verbringen und bei meiner Rückkehr ins Hotel Isabel friedlich schlafend vorfinden und so etwas wie Trost dabei verspüren. Sie ist eine lauwarme

Katze, die sich stundenlang die Fingernägel lakkiert, die ganze Nachmittage vor dem Spiegel verbringt, die Ablage voller Cremetöpfchen, Quasten, Pinsel und Watteböllchen, die sich vor dem Fernseher langweilt und mit einer Mischung aus Leidenschaft und Lustlosigkeit die Nachrichten über Hochzeiten von Künstlern und Prinzessinnen in den Illustrierten liest. Auch ich besitze sie mit einer seltsamen Mischung aus Leidenschaft und Überdruß.

Nein. Ich bete ihn nicht mehr an, den Augenblick, da ein Geschlecht aufschimmert, wenn es sich vor meinen Augen öffnet. Ich strebe ihn nur an. Ich muß diese Leere, die plötzlich niemandem zu gehören scheint, mit einem Gefühl zudecken, das, wie mir jetzt klar wird, ähnlich ist wie das Gefühl, das mich treibt, eine Ausschachtung mit Zement zu füllen, ein Gebäude auf einem Grundstück hochzuziehen, mit meiner Unterschrift die Leere zu bedecken, die sich am unteren Rand eines Schecks auftut.

Das Gefühl ist woanders. Wenn Eva sich kämmt, bevor wir mit den Freunden in Misent zum Abendessen ausgehen, wenn ich sehe, wie sie sich vor dem Spiegel des Frisiertisches der Pflege ihrer Hände widmet, weil die Arthrose begonnen hat, sie trotz ihrer noch jungen Jahre zu verformen, wenn Julia ihre ersten Schritte tut oder Manuel mir die Schulnoten zeigt: das sind die Gesten, die mich bewegen; das ist auch die Zeit ohne Erinnerung, verblaßte Zeit, zeitlose Zeit, weil das Glück nicht erinnert wird. Es ist ein Zustand, der sich auf einen Augenblick beschränkt, nicht eine Aufeinanderfolge.

Dann kehrt die wirkliche Zeit zurück. Sie tut es langsam, unmerklich. Wie manchmal in sommerlichen Mittagsstunden, wenn sich kein Blatt regt und die Brise ganz allmählich zu einem Umschlag des Wetters führt. Eva begleitet mich öfter nach Madrid, und wenn wir uns in Misent aufhalten, merke ich, daß sie sich immer mehr in sich verschließt. Sie wird melancholisch und sogar ungehalten, wenn jemand sie bei ihren Beschäftigungen stört. Sie geht durch den Garten, sie begibt sich zur Punta Negra und betrachtet von dort aus das Meer und die fernen Häuser der Stadt, sie hört Musik.

Sie legt fast nie mehr unsere Platten auf: Machín, Gatica, Lorenzo González, Gloria Laso oder Miguel Fleta. Jetzt hört sie ganze Nachmittage lang die Musik, die sie in ihrer frühen Jugend mit ihrer französischen Hauslehrerin geteilt hat. Noch immer stehen die Schallplatten, die sie aus Misent mitgebracht hat, dicht an dicht in den Regalen des Pavillons: Haydn, Schubert, Bach. Die Lieblingsschallplatten von Mademoiselle Corinne, wie die Hauslehrerin hieß, der sie eine Leidenschaft für die Musik verdankt, die später durch die Kontakte mit Dr. Beltrán weiter genährt wurde. Ich erinnere mich vage daran, wie diese Frau in meiner frühen Jugend verhuscht durch die Straßen von Misent lief, und es gibt noch ein paar Fotografien von ihr in irgendeiner Schublade: blond, blaß, zerbrechlich.

Eva steht früh auf, stellt den Plattenspieler an – Oper, Stücke zum Munterwerden: Vivaldi, Mozart, Strauss –, macht ein wenig Gymnastik, frühstückt mit mir und den Kindern, verfolgt aus der Nähe die Putzarbeiten, bei denen sie gegenüber dem Personal sehr anspruchsvoll ist; sie überwacht Josefa und deckt jeden Tag den Tisch, als würden wir Gäste empfangen. Das Mittagessen ist der Höhepunkt des Tages. Die Tischdecke muß makellos sein, Blumen stehen in der Mitte des Tisches, Teller und Besteck sind dieselben, die bei feierlichen Anlässen benutzt werden, und die Servierplatten sind in vollkommener Weise angerichtet. Erst wenn das Essen zu Ende ist, wenn sie sich auf das Sofa setzt, um mit mir einen Kaffee zu trinken, und die Kinder in die Schule zurückkehren, scheint das Gewicht des Tages sie plötzlich zu erdrücken. Sie liest und hört Musik, aber jetzt ist es eine traurige Musik, in die sie hineinkriecht, als wollte sie sich in einem Übel bergen, um einem größeren zu entgehen.

Ich glaube, sie suchte in dieser Musik so etwas wie eine Materialisierung der Gefühle, die sich in ihr ansammelten wie Gase, die keinen Ausgang finden, denn sie erlaubte sich gegenüber niemandem, nicht einmal gegenüber den Kindern, übermäßige Gefühlsäußerungen. Sie kümmerte sich um ihre Erziehung, um ihre Gesundheit, las ihnen Bücher vor, aber das für Kinder typische Herumgetobe, ihre Späße und ihr Geschrei ertrug sie nicht. Ich respektierte ihre Traurigkeit. Was konnte ich sonst tun?

Oft kam ihre Mutter am Nachmittag, um sie zu besuchen. Doña Carmen gefielen meine Reisen nicht. Sie sagte zu Eva, sie könne sich nicht erklären, warum ich sie nicht bat, mich zu begleiten. Einmal sagte sie zu ihr: »Mein Mann hat nie einen Schritt ohne mich getan.« Und Eva antwortete: »Dein Mann hat überhaupt keinen Schritt im Leben getan, weder mit dir noch ohne dich.« Sie erzählte es mir lachend noch am gleichen Abend. Sie liebte sie nicht. Sie hat sie nie geliebt.

Doña Carmen kam mit ihren Handarbeiten und verbrachte die Stunden in Punta Negra damit, zu häkeln und pausenlos zu reden. Wenn sie ging, oft erst bei Einbruch der Dunkelheit, begleitete Eva sie zur Tür, kehrte in das Wohnzimmer zurück, in dem die Kinder und ich uns aufhielten, bat Josefa, ihr ein Bad einzulassen, und sagte zu ihr, ohne daß es ihr etwas ausmachte, wenn Julia und Manuel es hörten: »Sie merkt nicht, daß sie mich erschöpft. Ich kann erst wieder atmen, wenn sie weg ist.« Sie schloß sich lange im Bad ein und kam dann händereibend heraus. »So, jetzt wird gelesen«, sagte sie zu den Kindern.

Jahre später, wenn Manuel in den Ferien aus Frankreich nach Hause kam, als wir uns abermals hier, in Madrid, niedergelassen hatten, verbrachte sie Stunden mit ihm im Pavillon, nachdem sie bestimmt hatte: »Maintenant on va causer un peu, mon petit Marcel.« Manuel erzählt es in seinem

Heft, auch, daß sie ihn nach unserer ersten Reise in die Normandie Marcel zu nennen begonnen hatte. Sie nannte ihn Marcel, sprach französisch mit ihm und korrigierte seine Aussprache. Sie hatte diese Sprache wunderbar von Mademoiselle Corinne gelernt, mit der sie einen guten Teil ihrer Kindheit in Misent zusammengelebt und in deren Haus in Arles sie das letzte Jahr des Bürgerkrieges verbracht hatte, während ihre Eltern und ihr Bruder sich in San Sebastián niederließen.

Von ihr hat sie auch die Strenge, die Unnachgiebigkeit, den Spartick, die mustergültige Hygiene, das ganze Ordnungsritual geerbt, von dem Manuel in seinem Heft sagt, er habe es später in den französischen Schulen wiedergefunden, ein Ritual, das mir immer als eine Eigenart unseres Hauses erschienen ist oder aber als typisch für die Klasse, aus der sie stammte. Manuel drückte es differenziert aus: »Es war jedoch eine Strenge, die nur der äußeren Form galt: der Art, das Besteck zu halten, sich zu kämmen und zu waschen, zu sprechen oder sich zu kleiden; das Innere hingegen verstand und beschützte sie und ließ ihm alle Freiheit.« Für Manuel bin ich immer die Kehrseite seiner Mutter gewesen: Ich habe den Formen keinerlei Bedeutung zugemessen und mich dafür in ihre Ideen eingemischt – so heißt es bei ihm –, in ihre Gefühle; ich habe sie »gefördert, in Frage gestellt, verfolgt und ausspioniert«, und ich habe es von einem Punkt aus getan, den er in seinem Heft als meinen *unumstößlichen* Verhaltenskodex bezeichnet.

Aber ich möchte lieber auf Eva zurückkommen. Bis wenige Monate vor ihrem Tod erfüllte die Musik den Pavillon, den ganzen Garten, und es war, als füllte sie selbst all diese Räume aus. Obwohl, wenn ich es recht bedenke, dann würde ich sagen, daß es eher in den ersten Jahren so war – die Musik als eine Form gewaltloser Inbesitznahme des sie umgebenden Terrains – und daß die Bedeutung ihres Rituals sich später wesentlich änderte, auch wenn es nach außen hin das gleiche blieb. Die Musik wurde am Ende zu einem Mantel, in den sie sich zu ihrem Schutz hüllte, ein wenig wie die Benutzer des türkischen Bades, die sich nach Abschluß der Sitzung in ein Handtuch oder in einen Bademantel hüllen, um die Temperatur des Körpers gegenüber dem Angriff der Außentemperatur zu bewahren.

Die Wiederkehr der Zeit. In Misent gingen wir oft abends mit den Freunden aus, und wenn wir nach Hause kamen, zog sie sich die Schuhe aus, legte unsere Musik auf, ließ sich auf eine Liege fallen, sagte: »Was für ungehobelte Leute«, ging ihre Blusen, ihre Sakkos, ihre Schuhe durch, wog auf einer Präzisionswaage die Worte, die während des Abends gefallen waren, und analysierte wie unter einem Mikroskop die Tischdecken und die Teller, auf denen das Abendessen serviert worden war, und die Gläser, aus denen wir Wein getrunken hatten. Nichts widerstand ihrem kritischen Auge.

Am Anfang lachte ich. Sie wußte, wie sie mich zum Lachen bringen konnte. Den Arzt, der Hausbesuche bei uns machte, nannte sie ›Dr. Mabuse‹, und seine Ehefrau war für sie ›der bengalische Tiger‹, seitdem sie uns zu einer Geburtstagstorte eingeladen hatte, die mit funkensprühenden kleinen Kerzen bestückt war; den beflissenen, ungebildeten und eitlen Eigentümer der Möbelfabrik bedachte sie mit dem Spitznamen ›Graf Tölpel‹ und seine Frau nannte sie die ›Garnituren-Mama‹.

Diese Augenblicke zu Hause, nach einem Fest, wenn wir allein noch etwas tranken und die Glastür der Terrasse öffneten, damit die Meeresbrise hereinströmen konnte, gehören zu meinen unvergeßlichen Erinnerungen. Eva gestikulierte und redete und machte unsere Freunde lächerlich, und ich lachte und fühlte, daß wir einander nahe waren. Aber nach und nach wurden die Kommentare böser, und in die spöttischen Bemerkungen mischten sich immer häufiger Überlegungen über die Flüchtigkeit des Lebens und Sätze wie »hier, in Misent, wo uns die Jahre davonrennen und wir inmitten dieser ungehobelten Leute langsam verblöden«. Ich versuchte sie zu überzeugen, daß wir nicht unter diesen ungehobelten Leuten lebten, sondern miteinander und in dem Haus, das wir mit soviel Hoffnung gebaut und eingerichtet hatten, und ich sagte zu ihr, während ich von der Terrasse unseres Schlafzimmers aus auf das Meer, auf die grünen Kronen der Pinien und den farbigen Fleck der Bougainvillea wies: »Wir sind zusammen, und wir haben all das. Wenn du nicht willst, dann brauchen wir diese dummen Leute nicht zu sehen«, aber sie antwortete mir: »Was bleibt mir dann noch.«

Sie begann die Türen des Hauses zu öffnen, damit wir ausfliegen konnten. Als Manuel zwölf Jahre alt wurde, bestand sie darauf, ihn auf eine Schule in der Nähe von Bordeaux zu schicken. Ich war dagegen. Es erschien mir nicht richtig, ihn in so jungem Alter von uns zu entfernen, ihn so früh aus den Augen zu verlieren. Wir stritten mehrere Tage lang. Manuel hat in seinem Heft einige dieser von ihm zufällig miterlebten Auseinandersetzungen in verzerrter Form wiedergegeben. Er versichert, mein Widerstand habe seinen Grund darin gehabt, daß ich überzeugt gewesen sei, er würde sich in Frankreich in »ernsthafte moralische Gefahr« begeben. Und meine Haltung habe »einen weiteren Schritt in ihrer gefühlsmäßigen Abkehr« bewirkt. »Während die Vorurteile ihrer zutiefst konservativen Familienangehörigen«, so führt er in dem Heft aus, »ihr logisch, wenn auch dumm erschienen sein mußten, ertrug sie es nicht, sie bei meinem Vater wiederzufinden, gleichsam als karikaturesken Abklatsch des Originals. Sein Anfall von Tugendhaftigkeit mußte ihr lächerlich erscheinen.«

Ein weiterer Schritt in der gefühlsmäßigen Abkehr. Was hat er wissen können. Was weiß

Manuel. Lange bevor ich mich seiner Reise widersetzte, hatte ich bereits mehrmals von dieser bitteren Frucht gekostet, und ich könnte hier so manche Anekdote anführen, aus der klar hervorgeht, daß Eva sich damals nicht mehr in uns wiederfand, sondern die Augen auf etwas gerichtet hielt, das außerhalb geschah.

Eines Nachmittags fand ich sie im Salon sitzend, mit dem Telefonhörer in der Hand. Sie weinte und bedeckte dabei ihr Gesicht mit einem Taschentuch. Ich hörte, wie sie sagte: »Mach es mir doch nicht noch schwerer.« Und ich entfernte mich auf Zehenspitzen, damit sie meine Anwesenheit nicht bemerkte. Man braucht kaum zu erwähnen, daß ihre Sorge, der Kummer, der sie so verzweifelt weinen ließ, nicht von einem der Familienangehörigen ausgelöst wurde.

Noch ein weiteres Mal habe ich sie in jenen Tagen weinen sehen. Ich sah sie von weitem, auf dem Uferweg der Punta Negra, und näherte mich ihr. Sie wandte mir den Rücken zu, reglos, den Blick auf das Meer gerichtet, und als ich bei ihr war, drehte sie sich um. In ihren Augen standen Tränen. Ich blieb stumm, ich wußte nicht, was ich tun sollte, aber sie lächelte und sagte zu mir: »Ich hatte solche Kopfschmerzen, daß ich gedacht habe, ein bißchen Weinen könnte mir vielleicht gut tun.«

Eine Zeitlang reiste sie mit mir nach Frankreich. Wir besuchten Manuel alle drei oder vier Monate. Sie betrachtete voll Melancholie die Plakate, auf denen Konzerte angekündigt wurden, die Plätze mit Grünanlagen, auf denen gelbe und blaue Stiefmütterchen wuchsen, die Säulengänge aus grauem Stein. Es war, als hätte sie immer dort gelebt oder als wäre es ein Irrtum gewesen, nicht immer dort gelebt zu haben. Sie blieb auf den Brücken stehen und machte mir zum erstenmal bewußt, daß Madrid eine Stadt ohne Fluß ist; selbst der Madrider Herbst erschien mir unbedeutend, wenn ich an ihrer Seite durch Paris ging, unter dem Regen welken Laubs im Botanischen Garten. In Frankreich fand sie ihr Maß und ließ mich spüren, daß Misent und meine Welt für sie das Land der Liliputaner waren.

Eines Abends, in Paris, war sie nicht im Hotelzimmer. Sie hatte mir eine Nachricht auf dem Schreibtisch hinterlassen, in der sie mir erklärte, sie würde später als geplant kommen, weil sie in einem Konzert in Saint Germain l'Auxerrois sei. Ich nahm ein Taxi am Boulevard Raspail, weil ich sie an jenem Abend zum Essen ausführen wollte oder vielleicht weil ich der auf dem Schreibtisch hinterlassenen Nachricht entnahm, daß ich im Begriff war, sie zu verlieren, aber noch die Möglichkeit bestand, sie im Handstreich zurückzuerobern. Die Fassade von Saint Germain l'Auxerrois erhob sich düster unter dem Regen. Die Kirche war verschlossen. Ich kehrte ins Hotel zurück, und sie war noch immer nicht da. Nach elf kam sie schließlich. Sie war völlig durchnäßt, umarmte mich heftig und erzählte mir, sie habe sich im Datum geirrt, das Konzert finde erst am nächsten Tag statt. Sie sagte: »Ich hatte Lust, im Regen spazieren zu gehen. Die Stadt war so schön!« Und sie fügte hinzu: »Laß uns nach Madrid zurückkehren.«

Am nächsten Tag nahm sie mich mit zu einer Galerie in der Rue de Seine, wo man ihr bereits ein Bild eingepackt hatte, das sie am Vortag gekauft hatte: die Ecke der Rue Vavin, gemalt von einem Ungarn namens Czóbel. »Auf diese Weise haben wir im Salon zu Hause ein Fenster, aus dem wir Paris sehen können«, sagte sie. Der Angestellte, der uns bediente, hatte von dem Bild gesprochen, »das die Herrschaften gestern zurücklegen ließen«, und ich fragte mich, wer am Vortag wohl der Begleiter gewesen sein mochte.

Ich erinnere mich an Eva, wie sie das Einpacken dirigierte, und an Josefa, wie sie die Stühle des Eßzimmers, den Ledersessel, der nach wie vor mein Lieblingssessel ist, mit weißen Tüchern bedeckte, die Rolläden herunterließ und die Fensterläden schloß und verriegelte. Im Garten begannen die Laubbäume sich gelb zu verfärben, aber einige Rosenstöcke blühten noch in voller Pracht. Die Palmen bewegten ihre Wedel vor dem Hintergrund des blauen Himmels.

Ich habe aus dem Mund meines Schwiegervaters einmal den Satz gehört: »Die erste Hälfte seines Lebens verbringt man damit, sich zu bekleiden, und die zweite damit, sich zu entblößen.« Jetzt verstehe ich, was er sagen wollte, und weiß, daß man sich nicht mit leichter Hand und ordentlich entblößt, sondern es jäh tut und dabei Fetzen auf dem Körper zurückbehält. Diese Reste, in denen sich unsere Beine verfangen und die uns im zweiten Teil unseres Lebens daran hindern, uns frei zu bewegen, nennen wir Erinnerung. Die begehrte Nacktheit wäre das Vergessen.

Aber es ist mir nicht einmal gelungen, über die Bedeutungslosigkeit Isabels den Schleier des Vergessens zu breiten, denn noch immer verwirrt mich zuweilen die Erinnerung an ihre Hinterbacken oder an die Art, wie sie sich auf die Lippen biß, wenn sie mich in ihrem Innern empfing. Nicht, daß das Ende mich schmerzen würde, so wie mich die Erinnerung an die letzte Nacht mit Elena schmerzt, wohl aber die Erinnerung an ihr Fleisch, oder vielleicht schmerzt mich auch in diesem Fall nur die Erinnerung an meine eigene Jugend.

Denn unsere Beziehung endete mehr oder weniger so, wie sie aller Voraussicht nach enden mußte. Die Reisen im Flugzeug, die Fahrten im Taxi durch ferne Städte, die Blumensträuße, die Abendessen in Luxusrestaurants gewöhnten sie nicht etwa an die Bequemlichkeit eines problemlosen Lebens, das mehr als angenehm war in einer

Zeit, in der sich fast niemand auch nur eine dieser Vergnügungen leisten konnte, sondern weckten ihren Ehrgeiz, ihr Kalkül.

Von der ersten Phase, in der sie sich mir wie ein Instrument auslieferte, das auf die Mechanismen reagierte, die ich in Gang setzte, ging sie zu einer Haltung über, die man als melancholisch bezeichnen könnte. Nicht selten geschah es, daß sie, während ich ein Glas Cognac genoß und sie sich an den Süßigkeiten bediente, die der Kellner in die Mitte des Tisches gestellt hatte, plötzlich ausrief: »Du wirst mich bald satt haben. Du wirst mich verlassen.« Oder daß sie sich an mich drängte, wenn wir ein Nachtlokal verließen, als wollte sie sich vor der Kälte schützen, und ihr Gesicht in meine Schulter grub, nachdem sie gesagt hatte: »Für dich bin ich nicht mehr als eine Laune.«

Sie versuchte nicht einmal, mir zu sagen, daß sie mich liebte. Nein. Es war, als würde ich mich am Ende unweigerlich ungerecht ihr gegenüber verhalten, weil ich sie dieser Reisen, dieser Süßigkeiten und der schummrigen Lichter der Lokale berauben würde, in die wir im Morgengrauen gingen. Sie forderte von mir eine Art Garantie dafür, daß sie, wenn ich in anderen Armen liegen oder unter der Erde verfaulen würde, ihr Leben unverändert fortführen könnte. Es war der Prolog der Vorstellung, auf die sie hingearbeitet hatte, als sie mir erklärte, sie sei schwanger und wolle »dieses Kind, unser Kind« haben. Sie brach in Tränen aus, wimmerte, küßte mich immer wieder, und als sie sah, daß ich nicht bereit war, dieses Kind zu akzeptieren, an das ich nie gedacht hatte, nannte sie mich »Heuchler« und »der große katholische Herr«.

Sie war meine zweite und letzte feste Geliebte mit Wohnungsschlüssel und regelmäßigen Besuchen. Manuel befand sich damals in Rouen, und Eva und Julia lebten nach wie vor in Misent, was mir nach der Trennung eigentlich die Freiheit verschaffen sollte, mich in Madrid ohne die Furcht vor Indiskretionen zu bewegen, und doch habe ich nicht das Gefühl, daß jene Zeiten für mich glückliche Zeiten waren. Es häuften sich die Verabredungen mit Gelegenheitsbekanntschaften in Hotelzimmern oder diskreten Appartements. Einige Male waren es verheiratete Frauen, die außerhalb der Ehe ein wenig Leidenschaft suchten oder etwas Geld, mit dem sie vorübergehende finanzielle Engpässe überbrücken konnten. Meistens waren es jedoch einsame Herzen mit gescheiterten Liebesgeschichten, Kindern in fernen Internaten und einer schrecklichen Einsamkeit, von der ich mich nicht anstecken ließ. Ich ging vertraulichen Gesprächen aus dem Weg, ich wollte nichts wissen von ihrer Vergangenheit, die am Ende immer schäbig, bitter, traurig war. Ich suchte – und bezahlte – den Glanz ihrer Körper, den violetten Fleck ihrer Brustwarzen auf den schwellenden Brüsten, ihr Geschlecht, das meine Zuflucht war und mich vor einem vagen Schmerz rettete.

Es ist seltsam, aber nicht einen Augenblick habe ich Evas Rückkehr nach Madrid als Ausdruck des

Wunsches gedeutet, mir näher zu sein: Sie war für mich der Beginn des Bruchs. Zu den alten Freundschaften kamen neue. Im Haus verkehrten Schauspielerinnen, Galeristen, Maler, Musiker. Wer kaum dort verkehrte, war ich. Ich reiste mehr denn je, und nicht immer aus Notwendigkeit, sondern weil etwas mich von dort fernhielt. Das Haus war zu einer Art Schaufenster geworden; jeden zweiten Tag konnte man nicht nach Hause kommen, die Schuhe abstreifen und in den Pyjama schlüpfen, um sich in aller Ruhe vor den Fernseher zu setzen. Leute waren da, Leute würden gleich kommen, Leute könnten vielleicht kommen. Deshalb übernahm ich selbst einige Arbeiten außerhalb von Madrid, die ich an andere hätte delegieren können.

Ich ließ mich in Hotelzimmern nieder und fühlte mich frei. Dort konnte ich ohne weiteres nackt auf dem Bett liegen, eine Zigarette rauchen und irgendein Fernsehprogramm sehen. Abends ging ich aus, stellte mich an die Theke einer Bar und trank ein paar Gläser; oder ich setzte wieder beim Roulette des Fleisches: auf die Überraschung eines Paars Brüste, die aus einem Büstenhalter quollen, auf zwei Hinterbacken, die den Slip zu sprengen schienen. Das Spiel der Körper oder ihre Religion. Ich kniete vor ihnen nieder, unterzog sie komplizierten Liturgien. Einmal lud ich einen Unbekannten ein, diese Zeremonien mit mir zu teilen. Wie einst mit Ort: sehen und gesehen werden. Es war, als würde die Anwesenheit eines Zeugen die Liebe wirklicher, weniger flüchtig machen. Ich genoß auch die guten Restaurants. Auf meinen Reisen wählte ich sie sorgfältig aus, so wie ich bis auf den heutigen Tag die Weine auswähle: Cheval Blanc, Lafite, Bâtard Montrachet, wenn ich außerhalb Spaniens war; Imperial, Vega Sicilia, Murrieta an den wenigen Orten hier, wo man damals gut essen konnte.

In manchen Augenblicken hatte ich das melancholische Gefühl, eine Art exquisiter Handelsreisender zu sein; andere Male erfaßte mich ein wohltuendes Gefühl von Erfüllung, während ich vor einem Glas Cognac eine gute Havanna anzündete oder den ersten Blick mit einer Frau tauschte und sie mit der gleichen Erregung zu verführen begann, mit der ich auf der Jagd die Beute ins Visier nahm, die vor mir aufgesprungen war.

Im übrigen galt ich in Madrid dank der unaufhörlichen Aktivität meiner Frau nachgerade als Mäzen und Förderer der schönen Künste. Manchmal begleitete ich sie zu einem Konzert, obwohl ich das erstickende Ambiente des Parketts in der Königlichen Oper nie gut ertragen habe. Auch am Theater fand ich keine rechte Freude: immer dieses Knarren der Bretter, wenn die Schauspieler einen Schritt taten in ihrem vermeintlichen Eßzimmer, und diese absurde Art, einander laut schreiend ihre Liebe und die Geheimnisse zu offenbaren, damit noch die Zuschauer der letzten Reihe sie hören konnten. Mir kam das künstlich vor.

Fast so künstlich wie die Schrittchen auf Zehenspitzen, die Evas Freundinnen im Garten machten, oder wie die übertriebenen Verbeugungen und Handküsse, die die Gruppe zelebrierte, wo immer sie sich traf: im Vestibül des Theaters, in der Eingangshalle eines Kinos, im Empfangssalon meines Hauses. Sie hatten sich am Vortag gesehen und waren überrascht, sich am Nachmittag des folgenden Tages wiederzusehen, obwohl sie sich gegenseitig dazu eingeladen hatten. Viel lieber waren mir meine einsamen oder diskret vom Chauffeur begleiteten Reisen, die guten Weine, die bequemen Hotelzimmer. Oder die erregende Unbequemlichkeit der Jagd.

Ich habe mich zuvor als eine Art erotischen Jäger geschildert; im Lauf der Zeit fand ich jedoch Gefallen an der wirklichen Jagd. An den ersten Jagdpartien in den Jahren unmittelbar nach dem Krieg habe ich der Form halber teilgenommen: um mich gegenüber Geschäftspartnern erkenntlich zu zeigen oder Kunden gefällig zu sein, aber bald begannen sie mich zu faszinieren: nicht so sehr das lärmende Ambiente dieser Zusammenkünfte als die kalten Morgenstunden im Feld, die langen Fußmärsche, der Geruch nach verbranntem Holz, das Knirschen der Stiefel auf dem Rauhreif, das Knacken der dürren Zweige. Ich begann, für mich allein auf Jagd zu gehen, und erkundete zahlreiche Gebiete in Kastilien, Estremadura, Andalusien und Galicien. Ich heuerte einen Treiber an und verlor mich ganze Wochen mit ihm in der freien

Natur. Ich empfand dieses Leben als Teil einer edlen, natürlichen Welt, die mir entglitten war und die ich mir jetzt zurückzuholen erlauben konnte.

Nach dem Tod meiner armen Julia, nachdem wir ihre Asche verstreut hatten, war mir, als hätte der Schmutz des schäbigen Leichenhauses des marokkanischen Kaffs auf mich abgefärbt, in dem ich sie abholte. Tagelang spürte ich diesen Schmutz, ohne mich von ihm befreien zu können. Ich reinigte mich in einem Pulverbad, indem ich zur Jagd ging und meine Sarrasqueta abfeuerte, bis ich taub wurde. Der Geruch nach Pulver drang mir in die Nase, in den Mund, ins Gehirn, tränkte meine Kleidung und befreite mich von dem anderen.

Es war nicht das einzige Mal. Auf der Jagd habe ich viele Ängste und Sorgen ausgelöscht, mich von Gefühlen reingewaschen, die ich nicht zulassen wollte. Deshalb lag mir so sehr daran, Roberto ihre Schönheit zu vermitteln, in ihm die Liebe zu dieser Kunst zu wecken, die einem Menschen, der auf unsicheren Füßen steht, so sehr helfen kann, deshalb stritt ich mit Manuel, damit er ihm erlaubte, mit mir zu kommen, aber Manuel betrachtete die Jagd als etwas Zerstörerisches und Grausames und ließ nie zu, daß der Junge etwas miterlebte, das er als »Massaker« bezeichnete. Ihm war es lieber, sein Sohn hing der Illusion an, das Fleisch sei ein maschinell erzeugtes und dann von Arbeitern in Plastik verpacktes Produkt.

Diese Flucht vor der Wahrheit hat seine ganze

Entwicklung bestimmt. Er hat nie wissen wollen, daß das Leben eine wirre Mischung aus Gewalt und Erbarmen ist und daß die Bauern töten, um die Tiere zu essen, die sie am meisten lieben, und daß ihre Liebe im Augenblick des Opfers, der Schlachtung mit unschuldiger Freude zum Ausdruck kommt. Sie wissen, daß sich an diesem Tier, an dem sich monatelang ihr Blick erfreut hat, jetzt ihr Magen erfreuen wird, und sie sagen ihm zärtliche Worte, während sie beginnen, es abzuhäuten.

Mich hat die Jagd mit diesen ursprünglichen Gefühlen in Verbindung gebracht. Das ging so weit, daß ich in der Zeit, als Eva im Krankenhaus starb, den Gedanken faßte, mich selbst zur Strecke zu bringen, indem ich mir ein Gewehr auf die Brust setzte. Ich glaube, es war die noble Reaktion eines Tieres, das sich verloren fühlte, obwohl am Ende mein menschlichster, mein vernünftigster Teil siegte, von dem ich nicht weiß, ob es der beste ist, wohl aber der, der mich gezwungen hat, weiterzuleben, obwohl mir nicht mehr viel Lust am Leben bleibt. Ich habe Halt an den Krücken der Religion gesucht und auch an einem Bild meiner selbst, das ich nicht zerstören wollte. Meine Tat wäre keine Feigheit gewesen, weiß Gott, aber es hätte so aussehen können, und das hätte ich nicht zugelassen. (Ich bitte Ihn um Vergebung für diese Worte, obwohl ich glaube, Er wird es nicht für nötig halten, jemandem zu vergeben, der die Wahrheit sagt.)

»... Bordeaux erschien mir als eine Stadt, die sich verängstigt zwischen ihre steinernen Bauwerke duckte. Alles hatte sich dort der Stille verschrieben: die grauen Säulen, der bedeckte Himmel, die Bäume, die ihre Blätter verloren, das rötliche Wasser unter der Brücke. Nach dem Schock, den die Vertauschung der familiären, südlichen Umgebung mit jener Welt aus Stein und Stille in mir ausgelöst hatte, begann für mich eine lange Phase, in der die Vorliebe für unmittelbare, handgreifliche Landschaften, für heftige Farben und laute Geräuschkulissen allmählich der Wertschätzung der Zwischentöne, der Stille und einer gewissen Distanz in bezug auf die Dinge und die Menschen Platz machte. Sagen wir, ich hörte auf, das Kind zu sein, das den Finger ausstreckt, um alle Dinge zu berühren, und begann zu begreifen, daß es eine Schönheit oder ein Leid gibt, die besser fern von uns aufgehoben sind.

Vielleicht ist es das Erbe, das sie mir hat hinterlassen wollen und das ich erst mit der Zeit erkannt habe. Spaziergänge durch Rouen, Ausflüge nach Honfleur, lange Wanderungen durch Paris, winterliche Tristesse des Bois de Vincennes, regnerische Nachmittage an der Place Quinconces. Ihr Lebensideal ist die Gedämpftheit des Nebels gewesen, der Regen, den man vom Innern eines Cafés aus betrachtet, in dem mit leiser Stimme gesprochen wird. Was hat sie leiden müssen in diesem schrillen, franquistischen Spanien, in dem alles und jedes mit Schreien der Erhöhung oder der Verdammung unter einer gleißenden Sonne geregelt wurde. Wie allein und leer muß sie sich jetzt in ihrem Krankenhauszimmer fühlen, auch wenn die Freunde ihr noch so viele Blumen, Geschenke und Klatschgeschichten bringen ...!

... Als ich aus Frankreich zurückkehrte und mich in der Universität in Madrid einschrieb, sprachen mein Vater und ich schon verschiedene Sprachen, die nicht mehr in Einklang zu bringen waren. Die Zeit hat sie nur noch mehr voneinander entfernt. Sie hat gezeigt, daß sie unvereinbar sind und sich nur in konträren Richtungen entwickeln können. Das ist etwas, das er nie respektvoll gelten lassen wird. Er hat sich nicht einmal bemüht zu verstehen, daß ein Heranwachsender sich nicht im mindesten für seine rückschrittliche Clique von Freunden interessiert, die tagsüber laut ihr Loblied auf die heilige Familie singen und nachts der Vulgarität frönen.

Er hätte mich gern in sein Unternehmen eingebunden, in seine absurden Streifzüge, die Drinks im El Abra nach Büroschluß. Aber ich traf mich mit Typen, die Jeans trugen und sich ungepflegte Bärte und Mähnen stehen ließen, redete über Pudovkin und Antonioni, hörte Sergeant Peppers, trug soziologische Bücher und Pamphlete in der Aktentasche und endete im Gefängnis, wenn auch nur für ein paar Tage natürlich, denn er machte seinen ganzen Einfluß geltend, um mir sofort einen Entlassungsbescheid zu verschaffen.

Noch heute kann ich ihm kaum verzeihen, daß

er mir zu dieser beschämenden Freilassung verholfen hat, während die vier anderen Gefährten, die mit mir zusammen festgenommen worden waren, weiter im Gefängnis blieben. ›Behalt deine Ratschläge für dich‹, sagte ich zu ihm, ›laß mich mein Leben leben, meine eigenen Risiken eingehen‹, und er nannte mich Dummkopf und zwang mich, vor einem mit ihm befreundeten Kommissar ein Papier zu unterschreiben, durch das ich mich verpflichtete, Madrid ein paar Monate lang mit einem Exil in Misent zu vertauschen.

Während wir im Auto nach Hause fuhren, sagte er zu mir: ›Ich werde nicht zulassen, daß ein Idiot ruiniert, was ich unter jahrelangen Mühen aufgebaut habe. Vergiß nicht, daß du alles, was du weißt, einschließlich dieses Lenin und dieses Mao, dank meiner Arbeit gelernt hast.‹ Bei jeder Gelegenheit der tadelnde Hinweis darauf, daß wir anderen zuschanden gemacht haben, was er auf die Beine gestellt hat. Und ich glaube nicht, daß er damit Geld meint, sondern einen Lebensplan, eine Lebensauffassung, die natürlich des Geldes bedarf, um sich Geltung zu verschaffen, und Julia hat seinen Plan durchkreuzt, indem sie ihr Leben törichterweise auf irgendeiner namenlosen nordafrikanischen Düne aushauchte, und ich mit meinem jugendlichen Aktivismus für die kommunistische Partei und mit einer Ehe, die, wie sich gerade erwiesen hat, zum Scheitern verurteilt war, und seine Frau hat ihn durchkreuzt, indem sie im Sekretär ein Dutzend Liebesbriefe von Dr. Beltrán aufbewahrte, die er gefunden hat, zufällig, wie er behauptet, aber ich glaube, nachdem er überall rumgeschnüffelt und das Schloß aufgebrochen hat. Er kann sie ihr nicht verzeihen, bestimmt weil er sich selbst nicht verzeihen kann ...«

Ich lese noch einmal Manuels Heft und erkenne, daß er die Wirklichkeit nie hat akzeptieren wollen. Aber ich werde ihm hier nicht antworten. Diese Papiere haben nicht den Zweck, ihm zu widersprechen. Wahrscheinlich ist es zu spät. Wie er sagt, jeder hat seine Sprache, seinen Weg. Auch seine Mutter hat selbstverständlich niemals etwas akzeptiert, das nicht von einer Schicht Schminke bedeckt war. Das Natürliche störte sie, in ihren Augen kettete es sie an die niedrige Welt. In all den Jahren, die wir gemeinsam verbracht haben, hat sie nie zugelassen, daß ich das Badezimmer betrat, während sie ihre Notdurft verrichtete, und sie konnte es auch nicht ertragen, wenn ich ihr beim Depilieren zusah, obwohl mich diese Betätigung erregte, wie ich zugeben muß, vielleicht weil sie so unverwechselbar weiblich ist. Selbst der unangenehme Geruch des erhitzten Wachses weckte Phantasievorstellungen in mir.

Die Arthrose, die ihre Hände verformte, zeigte, wie prekär ihr Bemühen war, Vollkommenheit zu erlangen, ganz zu schweigen vom schrecklichen Bild der Krankheit in den letzten Augenblicken. Auch der Umstand, daß sie das Essen, selbst das intimste, stets in einen sozialen Akt verwandelte, hatte mit ihrem Bestreben zu tun, sich von allem fernzuhalten, was sie als niedrig, als animalisch betrachtete.

Bei Manuel lassen sich die gleichen Züge erkennen, wenn sie auch in einem anderen Zusammenhang wirksam werden. Der Umstand, über Geld, über Geschäfte, über Rentabilität zu sprechen, bereitet ihm, der mittlerweile über ein eigenes Büro verfügt und Projekte in Millionenhöhe plant, nach wie vor Unbehagen. Immer findet er einen Vorwand, um seine Arbeiten der öffentlichen Wohlfahrt, irgendeiner sozialen Funktion zuzuordnen: städtische Wohnungsbauvorhaben, Pläne für den Teil eines Pavillons für die Weltausstellung, Entwurf eines Platzes in Barcelona, eines Konzertsaals in Valencia, immer im Schatten des paternalistischen Staates. Es stimmt, daß die neuen Zeiten dies ermöglichen und daß man heute von Sanierungen, Neugestaltungen oder Raumdesign spricht und nicht, wie wir es tun mußten, von Bauarbeiten und Geschäften. Mich stört diese Heuchelei, die die Dinge nicht beim Namen nennt, so wie mich das Wort störte, das Eva ständig im Mund führte: »ungehobelt«. Heute verkleiden sich die vorteilhaften Geschäfte, für uns einst »ein hübsches Bonbon, das man sich nicht entgehen lassen darf«, als künstlerische oder soziale Projekte, und wenn man sie bei ihrem Namen nennt, dann ist das »ungehobelt«.

Diese Scheinheiligkeit war die Ursache ständiger Reibereien zwischen uns, selbst dann noch, als er sich bereits selbständig gemacht hatte. Wenn ich zu ihm sagte »da werdet ihr ja einen Haufen Geld verdienen«, reagierte er verärgert, wurde nervös, vor allem, wenn einer seiner Bekannten bei der Unterhaltung zugegen war. Er antwortete mir: »Aber Papa, genau darum geht es nicht.« Und in diesem »genau« lag für mich seine Scheinheiligkeit. Dieses kindliche, unschuldige Lächeln, mit dem er mir sagt, die arme Julia wird bestimmt viel Spaß haben in dem Sommerlager, wo er doch weiß, daß sie nicht da ist, daß sie nach Marokko gefahren ist, und vielleicht bringt man sie gerade in diesem Augenblick in einem Jeep von einem Kaff ins andere, durch die Wüste, und sie liegt im Sterben.

Dem fröhlichen Lächeln folgt die Nervosität, das Bedürfnis nach Verzeihung, weil ich seine Lüge erkannt habe. Der leidvolle Zug im Gesicht, zu spät. Ihre Unschuld, ihr Leben im Raum der Poesie, den Manolo für alle einforderte. Bisweilen kam mir dieser Gedanke. Man macht sich die Hände schmutzig, um den Kindern zu ersparen, daß sie es tun müssen, und sie studieren Sprachen, hören Musik, kennen die Strände der Normandie, tragen Kaschmir-Pullover und verbringen ihre Ferien in jedem beliebigen exotischen Land, und dann beginnt diese Unschuld, die man kultiviert hat, einem wehzutun, weil sie es ist, die uns die Kinder entfremdet.

Eva war imstande, die Unschuld aus der Asche, in die sie sie verwandelt hatte, jedesmal wieder auferstehen zu lassen. Sie besaß die Fähigkeit des

Vergessens und der Überwindung: die ersten Monate in der Pension der Calle de la Cruz, die Geldnöte, die Abende ohne Abendessen hörten zu existieren auf. Um sich nicht in ihm betrachten zu müssen, warf sie Orts Spiegel auf den Boden, wo er in tausend Stücke zersprang. Erinnerungen, Spiegel, Fotografien verwandeln sich in Zeugen. Deshalb hat die Menschheit das Studio des Porträtfotografen erfunden, wo man Anzüge, das Papppferdchen, den Sessel, den Topf mit der Zimmerpalme und die gemalte Landschaft im Hintergrund mieten kann, die alles gleichmachen und die Erinnerung in einen idealen Raum versetzen: in den unschuldigen Raum der Poesie, in dem Manolo leben wollte.

Ich sage »meine arme Julia«, und ich weiß nicht, ob sie meine ist oder ihnen gehört. Ich weiß, daß ich sie auch nach ihrem Tod liebe, aber ich würde auch gerne wissen, daß ich ihr nichts zu verzeihen habe, und darüber kann ich mir keine Gewißheit verschaffen. Mich schmerzt der Spiegel ihrer Unschuld, in dem ich mich betrachte und als Betrogenen erkenne. Nein, die Wahrheit ist, daß ich nie gedacht habe, daß sie etwas vor mir verbergen könnte. »Papa, komm bloß nicht auf den Gedanken, Mama auch nur ein Wort davon zu sagen. Ich hab nicht das geringste Vertrauen zu ihr«, sagte sie zu mir. Immer, zu jeder Tageszeit. Sie fragte mich um Rat, sie zeigte mir die Fotografien der Jungen, die ihr gefielen, sie bat mich um meine Meinung. »Sag Manuel nichts davon, er erzählt ihr alles.« Ich weiß, daß es keine normale Beziehung war; daß Töchter eher dazu neigen, Zuflucht bei ihren Müttern zu suchen. Aber ich dachte immer, daß in ihrem Fall die Abneigung, die sie für Eva zu empfinden schien, erklärlich war: In ihrer hochfahrenden Schönheit und ihrer Eleganz, ihrer zuweilen verletzenden Ironie und ihrem Streben, immer im Vordergrund zu stehen, muß sie ihr als Rivalin erschienen sein. Eva machte sich lustig über die Kleider, die Turbane, die Schuhe, die Frisuren, die Farben des Nagellacks und des Lippenstifts, die Julia auswählte.

Sie nahm das Kleidungsstück in die Hände, befühlte es, zerknitterte es, hielt es etwas von sich weg, um es aus der Entfernung zu betrachten, und sagte zu ihr: »Probier das mal an«, und wenn sie die arme Julia mit dem Kleidungsstück zurückkommen sah, lächelte sie und fragte: »Gefällt es dir?«, um daran die Worte zu knüpfen: »Schließlich muß es dir gefallen.« Womit uns allen klar war, daß sie es furchtbar fand. Julia irritierten besonders die Korrekturen, die sie jedesmal an ihrer Kleidung vornahm, wenn sie ihr im Haus begegnete, ohne sich durch die Anwesenheit Fremder stören zu lassen. »Laß sehen«, sagte sie zu ihr und zog an ihrem Pullover oder schob ihr den Träger des Kleides hoch. »Laß sehen«, wiederholte sie nach dem zupackenden Griff, »so ist es doch ein bißchen besser.«

Morgens, während wir frühstücken, sehe ich ihre Beine, ihre Brüste, die der Morgenmantel nachlässig verhüllt. Nachmittags die Rundungen ihrer Jeans. Sie hat die empfindliche, glatte Haut ihrer Mutter geerbt. Jede Berührung hinterläßt eine Spur auf ihr. Sie hat auch etwas von meiner Energie geerbt. Von meiner Fähigkeit, ein Gespräch abzubrechen, das mich nicht interessiert, oder die Stimme zu heben, wenn ich im Recht zu sein glaube. Ich bemerke diese Energie sogar in ihrer Art zu gehen, sich zu bewegen. Sie ist weniger zart als Eva, nicht so verschlossen. Vielleicht nur aufgrund der Kraft ihrer Jugend oder weil ihre Generation das Modell weiblichen Verhaltens verändert hat. Ich weiß es nicht. Ich weiß nur, daß sie plötzlich nicht mehr da ist. Daß der Wind ihre Worte fortgetragen hat und daß ich der einzige im Hause bin, vor dem sie ihre kleinen Geheimnisse verborgen hat. Und als Eva unverhofft im Büro erscheint und weinend vor mir steht und mich dann umarmt, habe ich das Gefühl, daß wir ein Theaterstück aufführen und daß das Mobiliar und die Vorhänge und die Aktenschränke und wir selbst zu den Requisiten gehören.

Inmitten des Schmerzes durchzucken mich Blitze des Zorns. Wie oft habe ich zu Eva gesagt: »Du kennst Julia nicht«, und jetzt steht sie vor mir und erklärt mir, ich sei der einzige, der Julia nicht kenne. Ihre Arme, mit denen sie mich umklammert, wiegen schwer auf mir. Ich setze mich in einen Sessel, um mich von ihnen zu befreien, sie legt mir die Hand auf die Schulter, und auch diese Hand wiegt schwer auf mir. Ich will nicht, daß sie mich nach Marokko begleitet, um den Leichnam zu holen. »Warum willst du mitkommen?« sage ich zu ihr. »Bleib hier, wo du gebraucht wirst. Der armen Julia können wir nicht mehr helfen.« Aber in Wirklichkeit will ich nicht, daß sie mitkommt, um ihre tränennassen Augen nicht sehen zu müssen, um ihr keine Gelegenheit zu geben, mich in den nächsten schmerzvollen Tagen abermals zu umarmen. Oder vielleicht, weil ich etwas über Julia erfahren muß, von dem sie nie etwas wissen können wird.

Ich denke es, während ich aus dem Fenster des Flugzeugs schaue und unten die Ockertöne, die blauen Wunden des Meeres vorbeiziehen. Und auch, als ich im Auto durch die ausgedörrten Landschaften des Atlas-Gebirges, die staubigen Palmenhaine, die steinigen Orte fahre. Ich rette für mich die letzten Bilder, die ihre Augen mitgenommen haben, die letzten Gerüche, die sie eingehüllt haben: Geruch nach Exkrementen, Geruch nach verbranntem Holz, Geruch nach den Gewürzen. Die Hirten drehen sich nach dem vorbeifahrenden Wagen um, Gruppen von Kindern rennen zur Straße, und ich stelle mir vor, daß es vielleicht dieselben sind, die sich umwandten, um dem Jeep hinterherzusehen, in dem sie ihre letzte Reise machte. Wir halten an einer Bude am Straßenrand, um ein Erfrischungsgetränk zu uns zu nehmen, und ich habe die Gewißheit, daß auch sie hier Halt gemacht hat, daß etwas von ihr zwischen den schmutzigen Tischen des Lokals zurückgeblieben ist. In der Leichenhalle bitte ich, man möge mir den Sarg öffnen, und nehme ihr letztes Geheimnis in Empfang.

Julia ist nirgendwo mehr. In seinem Bestreben, die Wirklichkeit zu beschönigen, läßt Manuel nicht zu, daß Roberto dabei ist, als wir die Asche am Ufer von Punta Negra in den Wind streuen. »Kinder sind immer bei Begräbnissen dabei gewesen«, sage ich zu ihm, »ich glaube nicht, daß es gut ist, dieses Bemühen, alles vor ihm zu verbergen.« Er antwortet mir, er sehe keinen Nutzen darin, wenn Roberto wisse, daß seine Tante eine Handvoll Staub in einem Behälter ist, den man mit einer Hand greifen kann. Ich bestreite das eher der Form wegen, denn ich denke, wahrscheinlich hat er recht, auch für mich ist es so gut wie unmöglich zu akzeptieren, daß sie nirgendwo mehr ist, daß sie sich wie die geheimnisvolle Gestalt eines Romans in Luft aufgelöst hat. Die Unmöglichkeit, den Leichnam an irgendeinem Ort der Welt zu wissen, an dem die Erinnerungen den nächsten Tag begründen können, hilft nicht, die Abwesenheit zu ertragen.

Es gibt keinen Stein, auf den man sich setzen könnte, um ab und zu ein wenig zu plaudern und das Gefühl zu haben, sie hört zu; es gibt keinen Krug, in den man Blumen stellen könnte, während man sich fragt, ob sie wohl diese Blumen durch irgendeine geheimnisvolle Öffnung sieht oder ihren Duft durch die Erde hindurch gewahrt. Ich setze mir Roberto auf die Knie und drücke seine Arme; ich breche in Tränen aus, und er sieht mich verwundert an. Ich berühre ihn, denn nur so, glaube ich, kann ein Echo davon zu ihr gelangen. Oder nein, ich klammere mich nur an Roberto, weil ich nicht weiß, was ich tun soll.

Ich gehe auf die Jagd. Der Pulverrauch reinigt meine Lungen. Das kalte Morgengrauen. Ich berühre die Hunde, die sich dankbar unter dem Druck meiner Finger winden. Der Treiber macht Feuer, er bereitet geröstete Brotkrumen und Kaffee. Es ist seltsam, aber seit Julias Tod erscheint mir die Jagd als ein läuterndes Ritual. Es ist, als würde ich mit ihr in Verbindung treten. Ich streichle die Tiere, die ich erlegt habe, und die Asche ihrer Wärme ist eine Brücke zwischen dem Tod und dem Leben; wenn ich sie spüre, spüre ich so etwas wie Julias Fingerspitzen.

Eva tritt zu mir und streicht mir mit der Hand über den Kopf. Sie sagt: »Sie hat uns verlassen.« Ich stehe auf, zünde eine Zigarette an, obwohl der Arzt mir das Rauchen verboten hat, und gehe im Salon hin und her. Jetzt ist das Haus ruhig. Keine Besuche, keine Verpflichtungen. Eva liest im Pavillon. Hinter den Gartenmauern und den Kronen der Bäume erscheint mir der Lärm Madrids weit entfernt. Eines Nachmittags sage ich ihr, daß ich für einige Zeit nach Misent zurückkehren möchte. Es wird Zeit, daß andere sich um die Unternehmen kümmern. Der Augenblick ist nicht günstig. Franco ist vor zwei Jahren gestorben, Unsicherheit breitet sich im Land aus. Mich schmerzt diese Unsicherheit, die Hinfälligkeit, die in den Geschäften, in der Politik zum Tragen kommt, wie ein Spiegel der Hinfälligkeit, die das Leben selbst für uns bereithält. Sie schmerzt mich, aber ich entdecke, daß sie mich nicht mehr mit Sorge erfüllt. Wenn man die Hinfälligkeit akzeptiert hat, bleibt als einziges die Resignation.

Ich kehre allein nach Misent zurück. Nach vielen Jahren besuche ich wieder den Friedhof. Vor Zeiten haben wir ein Familiengrab erworben, in dem meine und Evas Eltern begraben sind: der Chef und der Buchhalter eine Handbreit voneinander entfernt. »Familie Císcar-Romeu«, lautet die Inschrift. Der Name des Buchhalters steht als erster da. Ich stelle ihnen Blumen hin und denke: ›Es ist gut, daß dein Sohn dir Blumen hinstellt‹, aber gleichzeitig merke ich, daß mir unbehaglich zumute ist. Ich glaube nicht, daß meinem Vater die Vorstellung behagt, jahrhundertelang neben Don Vicente Romeu zu ruhen, obwohl ich auch an die Hinfälligkeit der Zeiten denke: Jetzt geht alles so rasch, vielleicht werden sie nicht so viel Zeit miteinander verbringen. Nicht einmal die Friedhöfe sind gefeit, das Wachstum der Städte bestimmt über sie. Heute nachmittag kommt mir der Gedanke, daß die arme Julia vielleicht recht hatte: besser Feuer und Wasser als die modrige Stille des Grabes, dieser nutzlosen Faulkammer.

In Misent verkehre ich nicht mit den alten Freunden. Ab und zu esse ich allein in einem der Restaurants an der Küste zu Abend. Da es außerhalb der Saison ist, kommt es nicht selten vor, daß ich der einzige Gast bin. Ich setze mich in den Ledersessel und verbringe viel Zeit damit, das Meer, den im Winter vernachlässigten Garten zu betrachten. Ich mache kleine Ausflüge in die Umgebung. Ich gehe in die Markthalle, wo ich der Ankunft und der Versteigerung der Fische beiwohne. Ich betrachte die Punta Negra und denke, daß sie noch immer Geheimnisse in sich birgt, zu denen mir endgültig der Zugang versperrt ist. Eva verbrachte viele Stunden dort. Julia blieb für immer. Die Punta Negra verstimmt mich, das Wasser, das mit dumpfem, wie ersticktem Rauschen zwischen die Felsen schwappt.

Wenn ich nach Madrid komme, beklagt Eva sich über eine ständig unsicherer und lauter werdende Stadt. »Sie strengt mich so an«, klagt sie, obwohl sie mir dann aufgeregt von den Filmen erzählt, die sie gesehen hat, von den Ausstellungen, die sie besucht hat, von der Musik, die sie gehört hat. Bei einer der Reisen zeigt sie mir ein Bild, das sie gerade gekauft hat: ein fast abstraktes Gemälde – ein Strand, aus einer Perspektive dicht über dem Boden gesehen –, auf dem nur an einigen Stellen ein paar meerblaue Pinselstriche zwischen den Dünen und den dürren Grasbüscheln zu erkennen sind. »Sieh dir nur einmal die Textur an«, sagt sie zu mir, »es ist, als könntest du die Hand öffnen und der Sand würde dir durch die Finger rieseln. Es ist sehr sinnlich.« Aber ich sehe auf die Signatur: Bello. Es gibt mir einen Stich.

Das Bild hängt noch immer im Pavillon. Es scheint das Wasser des Schwimmbeckens zu filtern und es in Meerwasser zu verwandeln. Es ist wie ein Reflex dieses Wassers, das in den ersten Herbsttagen begonnen hat, sich mit welken Blättern zu bedecken, ein Zerrspiegel, der es entstellt, der unter dem, was auf den ersten Blick erkennbar ist, andere Dinge sucht, Geheimnisse, die sich nur wenigen offenbaren. Wenn ich es nicht abgehängt habe, dann war Scham der Grund: Ich selbst könnte den Vorgang des Abhängens nur als einen Ausdruck von Ressentiment deuten.

Vor einigen Monaten bat Roberto mich, es ihm zu schenken. Ich lehnte ab: »Wenn ich es dir schenke, wirst du es durchbringen. Nach ein paar Tagen wirst du es verkauft haben, um das Geld in eines deiner Verlustgeschäfte zu stecken.« Er lachte. Er weiß, daß er von mir soviel erbitten kann wie er will. So, wie die Dinge liegen, macht es mir nicht allzuviel aus, daß er Geld vergeudet. Dazu ist es da. Allerdings würde ich gern sehen, daß er Glück mit einer seiner Unternehmungen hat, aber dafür ist er nicht bestimmt, oder die Zeiten sind nicht danach. Er ist Manager einer Band gewesen, hat gemeinsam mit Freunden ein paar Pubs eröffnet, und nie hat er Erfolg damit gehabt.

»Natürlich, es ist ein Andenken an die Großmutter«, räsonnierte er, als ich mich weigerte, ihm das

Bild zu schenken. Ich dachte, daß er im Irrtum war: Das Bild stört mich, aber ich bin außerstande, es anzurühren. Welche Bestimmung ich ihm auch gebe, Verkauf, Schenkung oder Zerstörung, ich würde dabei die Rolle der Mittelsperson spielen müssen.

Die Ägypter begruben die Toten umgeben von den Gegenständen, die in ihrem Leben etwas bedeutet hatten, und ich glaube, auch die Mayas und die Chinesen machten es so; ich halte das für eine gute Sache: um sich von der Trostlosigkeit zu befreien, die diejenigen, die fortgehen, in uns hinterlassen, um die Wunden zu schließen, die sie geöffnet haben. Roberto sagte »ein Andenken an die Großmutter«, und ich habe geschrieben, daß er im Irrtum war. Aber so ist es nicht. Als ich es niederschrieb, wurde mir klar, daß er recht hatte.

Roberto besitzt etwas, das mich an mich selbst erinnert: seine Art, die Dinge direkt zu sehen, seine ungeheure Vitalität, die ihn dazu bringt, sich ständig von einem Ort zum anderen, von einem Geschäft zum anderen zu bewegen, und doch hat er auch etwas sehr Zerbrechliches; während ich wirklich Fähigkeit und Energie besaß, um die Verantwortung für das zu übernehmen, was ich in Gang setzte, scheint er vor ihr zu zittern. Er ist leicht, unbeständig. Wenn man ihn anschaut, hat man das Gefühl, einen Luftballon vor sich zu haben, der immer kurz davor ist, durch die Luft davonzuschweben oder zu platzen. Er hat meinen Charakter, meinen mangelnden Stolz geerbt, der auch eine Eigenart Julias war, aber ohne ihre Substanz, ohne ihre Ausdauer, vielleicht, weil er nicht durch harte Erfahrungen gehen mußte: weil er nie irgend etwas mußte.

Er lädt mich zum Essen in ein gutes Restaurant ein, bezahlt die Rechnung, und ich weiß, daß ich ihm nach Verlassen des Lokals eine Summe zustecken muß, die zehnmal höher ist als die, die er gerade ausgegeben hat. Und das heißt nicht, daß er mich mit der Haltung dessen einlädt, der ein falsches Spiel treibt, sondern daß eine gewisse Zusammenhanglosigkeit zwischen seinen Handlungen existiert, die in sich selbst geschlossen sind: Eine Handlung besteht darin, mich einzuladen, und eine andere, die nichts mit der vorangehenden zu tun hat, in der Tatsache, daß er wieder einmal »Liquiditätsschwierigkeiten« hat, wie er sich scherzhaft ausdrückt.

Manuel ist eifersüchtig auf ihn. »Papa, gib ihm nichts, auch nicht einen einzigen Pfennig«, sagt er zu mir, »Julia und mich hast du nicht so großzügig behandelt. Siehst du denn nicht, daß du ihm schlechte Angewohnheiten beibringst?« Auch Ramón scheint eifersüchtig auf ihn zu sein, denn Robertos Anwesenheit durchbricht die stumme Herrschaft, die er über das Haus ausübt. Wenn Roberto mich besuchen kommt, was in der letzten Zeit seltener geschieht, dann begibt Ramón sich auf die Lauer, betritt unter jedem möglichen Vorwand den Salon oder das Eßzimmer und geht mit Katzenschritten im Haus umher. Wer weiß, was sich in seinem geheimnisvollen Kopf abspielt. Er beschützt mich wie ein schweigsamer Wachhund. Sein Gesicht belebt sich, wenn er mich mit Freude essen sieht oder ich ihm sage, daß der Morgen schön ist, aber er rümpft die Nase und schärft den Blick, sobald jemand den friedlichen täglichen Rhythmus stört, der »das Haus« prägt, wie er es in feierlichem Ton nennt.

Er irritiert mich, denn trotz der Jahre, die wir zusammen sind, kenne ich ihn noch immer nicht. Ich kenne nur sein Ordnungsritual, das ich als ständigen Treuebeweis deute, der mir durchaus manchmal lästig ist, so wie der Kontakt mit der Zunge einer Katze unangenehm sein mag. Er hingegen scheint mit mir über einen verborgenen Sender zu kommunizieren: Er errät meine geheimen Wünsche, meine Bedürfnisse, was gut für mich ist und was nicht, und er tut es mit einer Sicherheit, die mir zuweilen schamlos vorkommt.

Ich frage mich voll Neugier, wie er seine Einsamkeit diszipliniert, ob er sie als Mangel oder als Zuflucht lebt. Ich stellte mir diese Frage neulich abends, denn ich glaubte Stimmen in der Dachkammer zu hören, wie bei einem Streit. Ich war kurz davor, aus dem Bett aufzustehen, um nachzusehen, was da Seltsames vor sich ging, aber dann dachte ich an das Naheliegendste: daß Ramón wohl mit lauter Stimme träumte. Gestern abend hörte ich erneut den Klang seiner Stimme, wenn auch gedämpft.

Ich weiß nicht, warum es mich wundert, wo ich

doch selbst oft allein rede und es auch im Schlaf tue. Eva sagte, sie habe in manchen Nächten in ein anderes Zimmer umziehen müssen, weil ich sie mit meinen nächtlichen Monologen nicht schlafen ließ. Später dann gingen wir ohne konkreten Anlaß dazu über, in verschiedenen Zimmern zu schlafen. Eine Frage der Bequemlichkeit oder des Überdrusses, was auf das gleiche hinausläuft.

Das Sprechen allein im Wachzustand ist neueren Datums. Ramón hat mich mehrmals dabei überrascht, wie ich mit lauter Stimme dachte. »Ich habe geglaubt, Sie hätten mich gerufen«, hat er sich entschuldigt, wenn er ohne Erlaubnis die Tür zum Salon oder die meines Schlafzimmers geöffnet hat, und dann ist mir bewußt geworden, daß ich mit ziemlich lauter Stimme nachdachte, und ich habe mich geschämt. Ich weiß nicht, ob es eine Folge der Einsamkeit oder des Alters ist: wahrscheinlich ein wenig von beidem.

Auch Ramón muß sich allein fühlen im Haus, obwohl man angesichts seines Verhaltens nicht sagen würde, daß er etwas anderes wünscht. Schon in den ersten Erinnerungen, die ich an ihn bewahre, erscheint er als schweigsamer Mensch. Ich sehe ihn vor mir, an dem Morgen, an dem ich ihn kennenlernte, wie er überraschend zwischen den Buchen auftauchte, als ich darauf wartete, daß der Treiber auf dem Weg kommen würde. Er erschreckte mich. »Der von der Kneipe schickt mich«, sagte er zu mir. »Ihm ist etwas dazwischengekommen, das er erledigen muß. Ich verspreche Ihnen, daß Sie keinen Grund zur Klage haben werden.«

Danach die Erinnerung an andere Tage: seine kräftigen Beine, die vor mir den Berghang erklommen, seine Hände, die das Strauchwerk auseinanderbogen, damit die Zweige mich nicht verletzten, das Geschick, mit dem er das Feuer anzündete, die Sorgfalt, mit der er den Kaffee zubereitete, die kurzen Zurufe, mit denen er die Hunde dirigierte, und die Genauigkeit, mit der die Tiere ausführten, was er ihnen mit diesen Rufen zu verstehen geben wollte.

Ich hatte weder an diesem Tag noch an den folgenden Grund zur Klage. Ich habe noch immer keinen Grund zur Klage, obwohl es etwas gibt, das mich beunruhigt: Es ist, als wäre er mehr als eine Person, als steckte in seinem robusten Körper ein zarter Geist und als sonderten seine harten Muskeln ein Öl ab, das sie imprägniert und geschmeidig macht. Manchmal kam mir der Gedanke, ob er nicht eine homosexuelle Ader besitzt. Nein, nicht daß ich ihm mißtraue, was mir Sorgen macht, ist der Ursprung seiner hartnäckigen Treue, die Frage, vor welchem autoritären Teil in mir er die Knie beugt, so wie die Jagdhunde sich einem Zeichen von ihm beugten.

Die Erinnerung kehrt zurück. Es herrscht dichter Nebel, und die Zweige der Bäume sind in einen Handschuh aus Eis gehüllt. Es knirscht, wenn sich die Stiefel vom Boden lösen. Die Jagdhunde laufen einige Meter vor ihm und er vor mir. Ich mache keine falsche Bewegung, es ist nur ein Fehltritt, aber er genügt, um mich, ich weiß noch immer nicht wie, ausrutschen und eine kleine Böschung hinunterstürzen zu lassen. Sobald er den Unfall bemerkt, eilt Ramón an meine Seite. Fast nehme ich den Sturz und seine Anwesenheit zur gleichen Zeit wahr. Als ich die Augen öffne, sehe ich sein Gesicht.

Ich versuche, mit seiner Hilfe aufzustehen, aber es gelingt mir nicht. Ich bin auf die Seite gefallen, und das Bein hängt wie leblos an mir herab, obwohl der anfängliche Schmerz des Aufpralls langsam verschwindet. »Man darf es nicht kalt werden lassen«, sagt er, »das wäre schlimmer.« Ich bitte ihn, ins Dorf zu gehen und Hilfe zu holen, aber er weigert sich. »Halten Sie sich an meinem Hals fest«, befiehlt er mir. Und drei lange Stunden höre ich das knirschende Geräusch seiner Stiefel im Schnee, spüre ich den Schweiß seines Nackens in meinem Gesicht, höre ich seinen keuchenden Atem, als würde er meinen ersetzen, und denke: ›Seine Beine sind meine Beine, seine Lungen sind meine Lungen, er schwitzt für mich‹, und es erfüllt mich mit Scham, so getragen zu werden, nutzlos, aber auch mit einer grenzenlosen Dankbarkeit. Es ist das erste Mal seit den fernen Zeiten meiner Kindheit, daß die Berührung mit einer anderen Haut, der Schweiß, der Rhythmus der Atemzüge, der sich im engen Kontakt der Körper mitteilt, nicht aus einem sexuellen Impuls entstehen.

Dann und wann bleibt er stehen, und bei jedem

Halt lädt er sich eine neue Schuld auf. Er wendet sein schweißnasses Gesicht zu mir um und bittet mich um Entschuldigung, als fühlte er Angst vor mir: »Seien Sie unbesorgt, wir sind gleich da.« Wenn er spricht, entflieht ihm die Atemluft und bildet kleine Wölkchen aus Dunst. Sein Atem ist hörbar wie der eines Ofens. Und wieder setzen wir uns in Bewegung. Wenn ich ihm nach einem Schluck die Feldflasche mit dem Cognac reiche, schaut er sie überrascht an und weist sie zurück, als verböte ihm die Unterwerfung, seine Lippen der Stelle zu nähern, an die ich die meinen gesetzt habe. Ich insistiere, und dann hebt er die Flasche hoch und läßt ein paar Tropfen in seinen Mund fallen, aus großer Höhe, ohne den Rand zu berühren.

Je länger wir unterwegs sind, um so mühsamer geht ihm der Atem, aber nicht einmal kommt mir der Gedanke, die Erschöpfung könnte ihn übermannen. Seine Schritte erinnern an den Rhythmus einer Hand, die eine Wiege schaukelt, und ich werde schläfrig. Es hat zu regnen begonnen, er hilft mir, die Kapuze überzuziehen, und dann lädt er mich wieder auf den Rücken. Während wir uns unter dem Regen vorwärtsbewegen, inmitten des Waldes, den der Winter in eine eintönige Aufeinanderfolge von dürren Zweigen verwandelt hat, habe ich das Gefühl, daß in mir nur noch die Wärme existiert, die sein Nacken auf mich überträgt. Später sitzt er neben mir in dem Krankenwagen, der mich ins Krankenhaus bringt, und ich suche in seinen Augen und bin unfähig, etwas in ihnen zu lesen.

Zehn Jahre später ist er zu meiner einzigen Gesellschaft geworden, und ich ertappe mich dabei, wie ich im Morgengrauen über ihn schreibe. Ich schreibe über Ramón und auch über Roberto, den ich habe auf die Welt kommen und heranwachsen sehen, von dem ich aber auch nicht weiß, ob ich ihn kenne. Bisweilen erinnert mich sein Lächeln an das der armen Julia, und dann erscheint mir seine Zärtlichkeit wie ein Glas, das so zerbrechlich ist, daß ich fürchte, es im Übermaß zu benutzen, nicht, daß es in Stücke bricht. Wie mein Schwiegervater sagte: »Man verbringt seine erste Lebenshälfte damit, sich zu bekleiden, und die zweite damit, sich zu entblößen.« Jetzt ist meine Nacktheit fast vollkommen: Es bleiben nur noch die Fetzen der Erinnerung, in denen sich meine Beine verfangen, und diese neuen Zu- und Abneigungen, Leidenschaften der letzten Stunde – Roberto, Ramón – bei einem alten Mann, der mit ihnen überdeckt, was ihm wirklich etwas bedeutet hat. Evas Verlassen. Jene harte Kugel in ihrer Brust.

Meine Hand ist faltig, rauh und von dunkler Farbe; ihre Brust war weiß und zerbrechlich und von unsichtbaren blauen Adern durchzogen. Ich hatte Lust, sie zu küssen. Aber sie lächelte, als wäre selbst der Tumor ein Gast, der gute Manieren erfordert, eine gewisse ironische Distanz, die ich mit einer maßlosen Geste fast durchbrochen hätte. Sie wollte nicht, daß ich sie ins Krankenhaus begleitete, als man die Biopsie machte. »Wozu?« sagte sie, »ich ruf dich an, wenn ich fertig bin.«

Ich blieb lange Zeit auf dem Sofa sitzen, und später, als ich an der Tür ihres Zimmers vorbeikam, schaute ich, ob ihr Licht noch brannte, um dann unter irgendeinem Vorwand hineinzugehen. Sie hatte es bereits gelöscht. In jener Nacht fand ich keinen Schlaf. Ich wälzte mich im Bett hin und her, bis ich erkannte, daß der Schlaf nicht kommen würde, schaltete die Nachttischlampe ein und versuchte zu lesen. Ich konnte mich nicht auf die gedruckte Schrift konzentrieren. Schließlich stand ich auf, um nach der Schachtel Zigaretten zu suchen, die ich immer für Notfälle in einem Versteck aufbewahrte.

Ich rauchte eine Zigarette nach der anderen. In der Stille der Nacht ließ das Licht der Nachttischlampe allmählich die Erinnerungen an vierzig Jahre Leben aufsteigen, von dem ich nicht weiß, ob ich es als gemeinsames bezeichnen darf, wohl aber als ein Leben, das durch wechselseitige Ergänzung geprägt war, etwas, das mir in jenen Zeiten unerläßlich erschien: Die beiden Enden eines Seils können weit voneinander entfernt sein, aber sie gehören zum selben Seil. Ich wollte den Lauf der Zeit umkehren, in anderer Weise den Saft aus ihr pressen: Eva neu kennenlernen, sie zum erstenmal mit nach Madrid nehmen, wieder mit der Unbeschwertheit unserer Jugend mit ihr tanzen und bei diesem Versuch keinen Fehler begehen, niemals.

Ich ertrug weder das Licht noch das Dunkel. Was ich auch tat, die Erinnerungen bewegten sich frei und forderten die verlorenen Minuten von mir, die nicht zu Ende geführten Gesten. Ich bedeckte mein Gesicht mit dem Kissen, und mich sprang das Bild meines Vaters an, wie er im Dunkeln im Eßzimmer saß, und es war, als wäre mein Schmerz ein Erbe des seinen, so wie es die Form meiner Hände oder die Verteilung des Haars auf meinem Kopf ist.

An dem Tag, an dem man ihr die Ergebnisse der Biopsie mitteilte, kam sie nicht ins Büro hoch. Sie rief aus einem nahegelegenen Café an und bat mich, zu ihr herunterzukommen. Sie erwartete mich sitzend an einem der Tische, die am weitesten von der Tür entfernt standen, und sprach leise mit Beltrán, in einer Weise, die mir angespannt erschien. Als sie mich sahen, verstummten sie. Beltrán erhob sich und reichte mir die Hand, sie blieb sitzen. Mir kam es vor, als wären sie ein Ehepaar mit unzähligen Komplizenschaften und Geheimnissen und als spielte ich die Rolle eines Gastes. Mich ärgerte dieses Gefühl, das belanglos wurde, als sie sagte: »Was wir uns gedacht haben.« Sie verzog den Mund zu einem Lächeln: »Du kannst dir nicht vorstellen, wie komisch du dich fühlst, wenn du auf einem Papier liest, daß du die Hauptperson eines Krebses bist.«

Beltrán rauchte. Er ließ sie mir einige Einzelheiten erklären, und erst als sie fertig war, sagte er: »Glaub nur nicht, was Eva erzählt. Zum Glück haben wir das Übel rechtzeitig zu fassen gekriegt (er sagte »das Übel«). Man muß schneiden, dann kommen ein paar Sitzungen Chemotherapie, und die Sache ist ausgestanden. Ein Tumor (ich glaube, er sagte Tumor und nicht Krebs) in der Brust ist kein unbesiegbarer Feind mehr für die Medizin.«

Das sagte er mehr oder weniger. Ich hörte ihm schon nicht mehr zu. Ich fühlte mich wie betäubt. Einen Augenblick lang hatte ich den Eindruck, der Countdown habe begonnen; dann, als ich sie beide sah, als Beltrán den Aschenbecher unter das Ende ihrer Zigarette schob, dachte ich, daß der Verlust wie die Erinnerung an ein bereits abgeschlossenes Leben war. Manuel hätte über die Regungen des Liebesverlusts geschrieben.

Beltrán verabschiedete sich und ließ uns allein. Ich sah, wie sie das Feuerzeug in ihrer Handtasche suchte und eine weitere Zigarette rauchte. Ich hatte nicht gemerkt, daß sie die vorherige zu Ende geraucht hatte, aber die Kippe war da, im Aschenbecher, mit der roten Spur ihrer Lippen auf dem Filter. Ich fühlte den Wunsch, ihre Hände zu drükken und sie in den meinen zu halten: jene zerbrechlichen Hände, die mich um Erbarmen hätten bitten müssen und gleichmütig die Zigarettenschachtel und das Feuerzeug in der Tasche verwahrten, als hielte der Schmerz andere Körperteile besetzt und ließe ihnen die Freiheit, mich weiterhin mit ihrer Fremdheit zu verletzen. Ich wußte nicht, was ich tun sollte. Plötzlich war es, als müßte ich von allem Anfang an die Gefühle lernen und die Gesten, die sie auslösen. Ich zerteilte mit der Hand die Rauchspiralen der Zigarette und berührte ihr Gesicht. Ich wollte zu ihr sagen: »Hast du Angst?«, aber ich schaute sie nur an.

Zuweilen fahre ich mit dem Daumen über eine der Fotografien, auf denen sie erscheint, und spüre, daß ich ihr auf diese Weise etwas vermittle, was dem Leben nahe ist. Ja, es ist wahr, Fotografien bewahren, gleich frisch erlegten Beutestücken, die Asche ihrer Wärme. Ich fahre mit dem Daumen über sie, berühre sie, und fühle, daß ich in Verbindung zu jenen trete, die nicht mehr da sind, und diese Verbindung verschafft mir einen unendlichen Trost. Aber das Porträt im Flur mit der Halskette aus Platin, die auf Evas weißem Hals schimmert, tut meinen Augen weh: Es ist ihr Körper, der aus anderen Händen kommt; ihr Körper in den Händen eines anderen. Beltrán. Der Maler Bello. Auf diesem Porträt bewahrt Eva ihre Fähigkeit, den Blick abzuwenden, nach außen zu wenden. Und in Gedanken konfrontiere ich die fügsame Gelassenheit der in der Schublade aufbewahrten Briefbögen, ihre reglose Gewißheit einer ständigen Wahrheit, mit der unmöglichen Sicherheit dessen, was noch lebt.

Auch Ramón kann bisweilen, durch irgendeinen Lichtschein auf seinen Gesichtszügen oder irgendeine unverhoffte Veränderung im Ton seiner Stimme, die Ungewißheit annehmen, die das Fremde, das Unbekannte, das Lebendige besitzt. Und das sogar trotz seiner ungeheuren Identität mit sich selbst: Er serviert mir das Abendessen, immer schweigsam und höflich, und dann verbringt er eine gute Weile damit, die Küche aufzuräumen, während ich Radio höre. Um elf Uhr begleitet er mich ins Schlafzimmer, hilft mir beim Ausziehen und Baden und verabschiedet sich von mir bis zum nächsten Tag. Während seine Schritte im Flur verhallen, sinkt Stille über das Haus herab und breitet sich in den Zimmern aus, in denen nur das Knarren der Möbel und das der Zweige der Bäume zu hören ist, die der Wind draußen bewegt, bis in manchen Nächten, schon sehr spät, die Töne zu vernehmen sind, die er während seiner Alpträume von sich gibt. Irgendwo habe ich gelesen oder gehört, daß diese unruhigen Träume oft eine Folge von schwerem Essen sind, obwohl sie auch einer inneren Angst entstammen können.

In den Stunden der Nacht schreibe ich, im Bett sitzend, und nicht selten frage ich mich, warum ich mir eine Disziplin auferlege, die mir nicht leicht fällt: so wie ich mich auch frage, für wen meine Bemühungen bestimmt sind. Mir ist sogar durch den Kopf gegangen, daß ich diese Papiere ordnen und in einem an Roberto adressierten Umschlag aufbewahren sollte, denn Roberto empfinde ich als eine Verlängerung meiner selbst, obwohl mich in bestimmten Momenten die Ahnung erfaßt, daß ich ihn kaum kenne, und dieses Gefühl bewirkt, daß es mir nur geringen Trost bereitet, wenn ich beim Schreiben weiß, daß meine Worte nicht in Vergessenheit geraten wie die Worte Ramóns in der Einsamkeit der Dachkammer, sondern in der schneeweißen Landschaft dieser Seiten umherstreifen wie Beutetiere in einem Jagdrevier, in dem sehr bald der Schuß des Jägers ertönen wird. Wessen Finger werden die Asche ihrer Wärme spüren?

Auf der Kommode des Zimmers steht ein Krug mit Blumen, die heute meine Aufmerksamkeit auf sich ziehen, weil Ramón, der stets so sorgfältig ist, vergessen hat, sie zu erneuern, und deshalb sind Blütenblätter auf die Oberfläche des Möbelstücks gefallen. Der Spiegel spiegelt ihn wider, flüchtig erhellt von der Lampe, die mir Licht schenkt, aber er spiegelt hinter dem Krug auch eine formlose Masse von Schatten wider. Etwas scheint in ihnen zu lauern und mich zu überwachen. Während ich schreibe, sehe ich diese Schatten aus dem Augenwinkel und frage mich, wie er kommen wird. Wird er nachts kommen? Wird er es am hellichten Tage tun? Wird er schnell sein oder wird er mich langsam einkreisen und sich an meinem Verfall weiden? Wird er hier kommen, in diesem Bett, oder wird er mich in einem Krankenhauszimmer suchen? Ich sehe auf die Uhr: Es ist zwei Uhr früh. Es dauert noch eine Weile, bis es dämmert. Wie lang sind diese Winternächte. Wenn ich die Vorhänge beiseite schiebe, sehe ich einen bedeckten Himmel ohne Sterne. Und wenn Ramón verstummt, ist die Stille lautlos.

Valverde de Burguillos (Badajoz),
Mai 1992 – November 1993

Juan Goytisolo

Jagdverbot

Eine spanische Jugend

Aus dem Spanischen von Eugen Helmlé

Band 12979

Juan Goytisolo hat mit *Jagdverbot* ein Buch geschrieben, das viele für sein Meisterwerk halten. Es ist eine Prüfung des eigenen Gewissens, eine großangelegte Confession und eine eindringliche Schilderung Spaniens in finsteren Zeiten. Goytisolo erzählt zunächst von seiner großbürgerlichen Familie, die ihren Reichtum und ihr Ansehen einem nach Kuba ausgewanderten Vorfahren, einem Plantagenbesitzer und Sklavenhalter, verdankt. In den bizarren Familienporträts spiegelt sich der Geist der Zeit: der strenge Großvater, der seiner Sippschaft bis zur dritten Generation einen Generalablaß vom Papst verschafft, die schöne Mutter, die ein geheimes, zweites Leben führt, der kranke Vater, den das Kind bald verachtet, weil er der traditionellen Rolle nicht entspricht. Als die Mutter bei einem Bombenangriff der Faschisten in Barcelona umkommt, wird dieser Tod kurzerhand den Kommunisten angelastet. Goytisolos innere Abkehr von Spanien beginnt in der kulturellen Ödnis der Nachkriegsjahre. Er bricht mit seiner Herkunft, emigriert 1956 nach Paris. »Kastilier in Katalonien, französisch Gesinnter in Spanien, Spanier in Frankreich, Lateinamerikaner in Nordamerika, *nesrani* oder Christ in Marokko und Kanake überall« – so charakterisiert er selbst seine Position zwischen allen Stühlen.

Fischer Taschenbuch Verlag

fi 2217 / 1

Luis Sepúlveda

Patagonien Express

Notizen einer Reise

Aus dem chilenischen Spanisch von Willi Zurbrüggen

Band 13567

Patagonien Express lädt ein zu den Stationen einer Lebensreise, die in Chile ihren Anfang nimmt, dann unter Pinochet ins Exil nach Argentinien, Ecuador und Kolumbien führt, um in Europa, in einem andalusischen Dorf, endlich zu einer Art Heimkehr zu finden. Im Mittelpunkt aber steht die Erfahrung der einsamen Weiten Patagoniens, an dessen Horizont sich noch immer die Abenteuer verheißenden Silhouetten von Butch Cassidy und Sundance Kid abzeichnen. Mit erfrischender Unmittelbarkeit erzählt Sepúlveda von den Menschen, die ihm unterwegs begegneten. Da ist beispielsweise der alte Seevagabund Ladislao Eznaola, der auf seinem mit Amnesty-Wimpeln geschmückten Schiff die Küstenkanäle Patagoniens befährt, auf der Suche nach einem Geisterschiff – einer Südmeerversion des Fliegenden Holländers –, um die seit vierhundert Jahren Verbannten endlich zu erlösen. Oder Augustín, ein berühmter Barde, der seine zukünftige Frau einem Rivalen – buchstäblich in letzter Sekunde – vom Traualtar weg entführt, allein durch die überzeugende Darbietung seiner »canciones amorosas«. Komische, traurige, kuriose und merkwürdige Geschichten, die neugierig machen aufs Unterwegssein, die anstecken mit der Abenteuerlust ihres Erzählers.

Fischer Taschenbuch Verlag

fi 2213 / 1

Carlos Fuentes

Diana oder Die einsame Jägerin

Roman

Aus dem mexikanischen Spanisch von Ulrich Kunzmann

Band 13714

Die Geschichte einer großen Leidenschaft, die Geschichte eines großen Versäumnisses. Geschrieben von dem fast siebzigjährigen Autor Carlos Fuentes in memoriam an seine nur knapp zwei Monate währende amour fou mit der einunddreißigjährigen Schauspielerin Jean Seberg, der Diana dieses Romans. Ihre Liebe begann an einem Silvesterabend. Auf einer Party begegnen sie sich, zufällig, der Autor, 40 Jahre alt, schon damals berühmt über die Grenzen Mexikos hinaus, und Jean Seberg, die als Siebzehnjährige in der Rolle der Jungfrau von Orleans ein Star wurde. Das Idol einer Generation in Jean Luc Godards Film *Außer Atem*. In der Ödnis eines mexikanischen Bergstädtchens, wo die Schauspielerin einen Film dreht, flüchten sie sich in eine Liebe, die scheitern mußte. Zu unterschiedlich sind die Voraussetzungen: der Autor, ein Ruheloser und Don Juan, dessen wahre Geliebte die Literatur ist, und Diana, die ihre Jagd nach dem Leben rastlos fortsetzt. In seinem wohl persönlichsten Roman erzählt Fuentes, schonungslos gegen sich selbst, die Geschichte einer verfehlten Liebe.

Fischer Taschenbuch Verlag

fi 3004 / 1

Rosa Regás

Azur

Roman

Aus dem Spanischen von
Carina von Enzenberg und Hartmut Zahn

Band 13792

Im flirrenden Licht der Ägäis sitzt eine kleine Reisegruppe wegen eines Motorschadens auf einer kargen griechischen Insel fest. Vor allem ein Paar zeigt sich der Situation des unvorhergesehenen Aufenthalts nicht gewachsen. In der archaischen Atmosphäre der Inselwelt und ihrer fremden Bewohner brechen uralte Konflikte auf. Anlaß für Martin, den erfolgreichen Filmregisseur, und Andrea, seine um zehn Jahre ältere Frau, sich über die Erosion ihrer Liebe klarzuwerden. Beide suchen einander aus enttäuschter Hoffnung zu zerstören. Gegen Ende des unfreiwilligen Aufenthalts spitzt sich die Situation dramatisch zu. Eine Katastrophe scheint unausweichlich.

»Ein mitreißender Roman, der überzeugend ein Bild moderner Partnerschaften entwirft.«
Amica

Fischer Taschenbuch Verlag

fi 2209 / 1

Félix de Azúa
Fahnenwechsel
Roman
Aus dem Spanischen von Peter Schwaar
Band 12656

Luis Larrazábal, ein junger Diplomat aus wohlhabendem Elternhaus, hält sich für einen prinzipienfesten Patrioten. Als Baske unterstützt er die Republik gegen die spanisch-nationalistische Franco-Armee. Als er im Sommer 1937 aus San Sebastián über die Grenze fliehen muß, das Baskenland steht kurz vor der Einkreisung durch Francos Truppen, kann er seine Vaterlandsliebe endlich unter Beweis stellen. Erzählt wird diese abenteuerliche Geschichte tragikomischer Verstrickungen aus der Rückschau eines geheimnisvollen Zeitzeugen, der seine Identität erst am Ende des Romans offenbart. Nach einem Finale mit Pulverdampf, Motorengedröhn und Meeresgischt erfährt der Leser, wer sie geschrieben hat und an wen sie gerichtet ist.

»Ein Roman voller Lust am Spiel mit der immer neuen Verbindung von Imagination und Geschichte...«
Frankfurter Rundschau

Fischer Taschenbuch Verlag

fi 1921 / 3

Luigi Malerba

Die fliegenden Steine

Roman

Aus dem Italienischen von Moshe Kahn

Band 12333

Kurz vor der Wende zum Jahr 2000, in der unwirtlichen Atmosphäre einiger Endzeitkatastrophen, schreibt der berühmte Maler Ovidio Romer in der neutralen Abgeschiedenheit eines Schweizer Hotels »den Roman seines Lebens«. Zur Zeit seiner großbürgerlichen Jugend in Rom hat er sich, der schon früh den Vater vermissen mußte, zu einem menschenscheuen Einzelgänger entwickelt. In seinen Bildern stellt er versteinerte Wälder, apokalyptisch visionäre Wüsten dar, malt antike Ruinen, Fossilien und unheimliche Insekten mit gläsernen Menschenaugen. Zu den Merkwürdigkeiten seiner Existenz gehört auch ein Phänomen, das sich als Verdoppelung oder Spiegelung von Ereignissen bemerkbar macht. Überall holt ihn die Dämonie geheimnisvoller Entsprechungen ein. Was immer die Erfahrung der Austauschbarkeit von Zeit und Raum in einem einzigen Menschenleben, aber auch über Jahrhunderte hinweg, bedeuten mag, sie rührt an die für Ovidio Romer zentrale Frage von Original und Imitation. Wie er aus dem Labyrinth der Selbstbefragung und der versteinerten Welt seiner Bilder herausfindet, davon erzählt dieser erstaunliche Abenteuer- und Künstlerroman.

Fischer Taschenbuch Verlag

fi 1232 / 3

Marco Lodoli

Der große Anarchistenzirkus

Roman

Aus dem Italienischen
von Gundl Nagl

Band 13569

Die Helden von Marco Lodoli haben mehr als eine Schraube locker. Auch dieser Roman, eine schwarze Komödie aus den Suburbs von Rom, macht da keine Ausnahme. Rocco, Ruggero und Mariano, die der Zufall an einer osbskuren Privatschule zusammenführt, sind drei Kinderseelen im Fegefeuer und vom Leben angeekelt. Sie wollen, daß alles anders wird.

»In den Torheiten der drei schlägt eine Ahnung davon durch, wie die Welt sein könnte, wenn sie von Kindern und Narren erfunden wäre.«

Frankfurter Allgemeine Zeitung

Maria Messina

Der zerronnene Traum

Erzählungen

Aus dem Italienischen von Maja Pflug

Band 13048

Die Provinzen Süditaliens und das Sizilien der Jahrhundertwende sind die Schauplätze dieser lange Zeit vergessenen und nun wiederentdeckten Erzählungen der sizilianischen Autorin Maria Messina. Ihre überwiegend weiblichen Protagonistinnen heißen Vanna und Lucia, Camilla und Bettina; sie kommen aus den unterschiedlichsten sozialen Verhältnissen und erleiden doch immer wieder das gleiche Schicksal: Weil sie sich den familiären und gesellschaftlichen Zwängen nicht entziehen können, bleiben sie Gefangene, an denen die Sehnsucht nach Ausbruch nagt. Frauen, die Männer heiraten, die sie nicht lieben oder die ihr Leben tyrannischen Eltern opfern. Ihr Dasein ist geprägt von kleinmütigen sozialen Beziehungen, von frühzeitigem Alter und demütigender Einsamkeit. Die Autorin entwirft fast unabsichtlich das Bild einer erbarmungslos rückständigen Gesellschaft, die Frauen im Status der Unmündigkeit und demütigenden Abhängigkeit beläßt.

Fischer Taschenbuch Verlag

fi 113 / 4

Dino Buzzati

Die Tatarenwüste

Roman

Aus dem Italienischen von Stefan Oswald

Band 13638

Dieser Roman ist eine Parabel auf die Absurdität des menschlichen Lebens, das sich in Illusionen verliert, während die ihm zubemessene Zeit unaufhörlich verrinnt. Der junge Leutnant Giovanni Drogo wird auf ein abgelegenes Fort am Rande einer weißen Steinwüste kommandiert. In Erwartung großer Ereignisse nimmt er seinen Dienst auf; ein Tatarenheer, so lautet das Gerücht, sammelt sich im Norden zum Angriff. Doch die Jahre vergehen, ohne daß die mal fieberhaft herbeigeredete, dann wieder völlig unwahrscheinliche Stunde der Bewährung eintritt. In magischen Bildern von großartiger Eindringlichkeit zeichnet Dino Buzzati ein Leben, das sich im unerbittlichen Fortgang der Zeit verliert.

»Ein Meisterwerk der italienischen Literatur.«
Hamburger Abendblatt

Fischer Taschenbuch Verlag

fi 2214 / 1